为了人与书的相遇

京都之水　瓶装记忆

KYOTEAU Bottled Memories

Della Chuang

庄卉家 著

广西师范大学出版社

·桂林·

目 录

1

逸事流 16

2

3

瓶装记忆 322

起首语

疲惫

寻找下榻之处

垂挂的紫藤

——松尾芭蕉（Matsuo Basho，1644—1694）

对京都一直怀有一种特殊的感情。听人说过，人的一生应该拥有三个城市：出生和成长的城市是故乡；工作和生活的城市是为了谋生；而第三个城市，就是心灵的出口、中途站、加油站。京都于我来说属第三个城市，我暗自依赖它，让它变成一种淡淡的回忆，轻轻地充盈着思绪和感官；让它勾起我内心与之相关的所有美感经验——视觉、触觉、听觉，甚至是嗅觉。京都于我也是日本俳句诗人与旅行家松尾芭蕉所谓的那一串紫藤。旅人累了，尚未找到下榻之处，也许升起了焦虑沮丧之念。然而，一串紫藤的美将他唤回了当下，一切不快消隐了……

晨风

波动着

毛毛虫的毛

——与谢芜村（Yosa Buson，1716—1784）

芭蕉竹杖芒鞋的徒步行旅无非是练习步步当下。现在想起来，年轻时无法体会芭蕉那首俳句的妙境是因为我这个披星戴月、四处奔波的旅人没有把头脑停下来，再像另一位俳句大师与谢芜村一样去深层“观察”这个大千世界。写这本书让我有机会重新勾起大家童年时都有过的那种长长的、静静的凝视，以及对万事万物充满的欣喜之情……我写京都不是单纯为了要写京都，而是希望读者通过我的“知觉经验”能够发现一个洋溢着美学省思及生命活力的优美空间。我们都知道旅行的好处，然而，旅行的意义在于能够感受旅途中，那种与当地人文景致“一期一会”所迸发出的光芒……如果读者在读完此书后能让自己拥有一个宁静的空间，让此书自行展开它无言的、余韵的京都涟漪，那也许就更能体会芜村俳句中那种简洁、纯粹、动态的感官意境。

梅花香

当我打开纸门

一轮明月

——小林一茶（Kobayashi Issa，1763—1828）

以一个香水创意设计师的角度切入，这本书行走于京都旅行、知觉设计、日本美学之间。它记载我的一些生活逸事，一些美学创意，一些京都访谈，穿插着试图让人在阅读时眼睛一亮，耳际、心底回响美妙余音的照片与插图，再循序渐进地引领读者进入那种代表京都元素却不可言说的嗅觉冥想；有点像是禅宗《楞伽经》里说的“指月之指”。旅行也好，设计也好，美学也好，通过我的文字、图片与KyotEau香水的这些指标，我期待读者能够暂停“观看所以思考”的惯性而倾向于“感觉所以思考”的启发，然后再纯粹地去感受精致简洁的京都。

没有眼里无法看见的花朵，

更无心中不愿思念的明月。

——松尾芭蕉

凝视着天上明月，心中升起温暖的京都回忆，让我觉得自己从未离开过，不论这次距上回已过了一年或好几季，不论身在纽约、洛桑或赫尔辛基……在书写的过程中，我得到许多人的忠告与支持。以“理想国”、北京一石文化的团队为首，还有我在纽约与京都采访过的艺术家、设计师及调香师，以及各专业领域的行家们：Christophe Laudamiel，精湛有趣的调香创造力；George Utley，熟练精准的香水瓶与漆盒模型制作；Arty Westphal，细腻雅致的香水瓶与包装的摄影；Manfred Koh，独具风味的静物摄影。感谢朋友们在日文与法文翻译上的协助：东京的Ryoko Hatogai，可达尼产业有限公司（Katani Sangyo Co., Ltd.）大阪支店的Chikara Takano与Keichi Kamori，京都SOU · SOU的Maki Hashimoto；苏黎世的Bernhard Suter。同时也感谢那些曾经回答过我的问题并给予建议的朋友：Caroline Fleury, Vanessa Fleury, Kiyomi Komatsu, Mototsugu

Komatsu, Kazuko Moriyama, Allison Mitchell, Yuka Nihei, Julie Onishi, Yumiko Takeuchi and Yann Vasnier.

最后也是最重要的，我将此书献给Matthias Grossglauser教授。Grossglauser 教授是瑞士籍计算机科学家，无论是工作上或是生活上，他在科学上的理性创意往往意想不到地启发我在设计和写作上的灵感。我曾在台湾出版的三本中英双语著作：《纽约下城风格》（*New York Downtown Style*）、《纽约下城创意设计》（*NYDS: Witty Design Objects*）和《京都之水：瓶装记忆》（*KyotEau: Bottled Memories*），也倚仗他洞若观火的英文编辑力，才得以和全球读者分享。谢谢您，Grossglauser教授。

1

逸事流

我喝了第一口水。当清凉的液体触动我的味蕾，不寒而栗的感觉贯穿了整个身体让我不得不停下来试图了解正在发生的感官变化。一种似曾相识的愉悦像清流般浸漫我的知觉，个别，超脱，没有起头与结尾……

有关一杯水

一杯水

这本书从一杯水开始。

那是一个无事可做的下雨天，我翻阅着一些旧杂物，发现了这一张水杯的特写照片。

那是我在纽约下城一家小咖啡馆里拍摄的，日期是2006年2月2日，星期一早上，也是我辞去拉尔夫·劳伦（Ralph Lauren）香水部门艺术总监的第一个上午。记得我坐在桌前，凝视着清晨7点55分的光一点一点地在桌面上跃动。阳光一爱抚，水和杯子似乎都鲜活起来，好像它们曾经是夏日阳光下的雨滴，满载悲伤的微风与冒险的光影……一起跨越千万里，漂洋过海到这个城市与我相会。

此时此刻，我尝试闭起眼睛，用触觉去感受这杯水的味道，用嗅觉去记忆一种很远很远的呼唤……在幽玄的潜意识里，感官一旦被撩拨，就开始蠢蠢欲动。

Habana咖啡馆，纽约下城

隐含之意

2006年在纽约，我日夜都在接二连三的香水设计案里打转。工作压力和强度都很高，能动性却很低。失眠次数很多，快乐却很少。在企业体系越来越讲究利润与效率之下，我发现自由的创意舞台越来越窄，焦虑渐渐地变成了一种习惯。最终我只能从纽约逃走，到京都去避一避。

在挂单[1]的寺庙里，我遇见了一位老和尚。善哉，这位和尚察觉到我的不安，不徐不缓地为我开示。他指着桌上一只装满水的玻璃杯说："这只杯子就像我们的人生。你不快乐，是因为你承担的东西超过了你能负荷的范围。就拿这个装满水的杯子来说，如果我们倒更多的水进去，水会满溢出来。而我们人生中的一个课题，就是学着怎么放空……"

美国作家与诗人格特鲁德·斯泰因（Gertrude Stein，1874—1946）曾说："玫瑰，就是玫瑰长成玫瑰的样子。"（A rose is a rose is a rose.）这句话常常被解释为"东西，就是我们叫它东西的东西"。以格特鲁德·斯泰因的观点来看，单纯就一件物品的名称，已经可以让人联想出与这件物品相关的形象与情感，这也是这句话所要阐述的事实。

对我而言，一个玻璃杯就是老和尚的玻璃杯的样子，杯里装载着关于京都液忆的无形隐意。

1 挂单，佛教名词，指行脚僧到寺院投宿。单，指僧堂里的名单；行脚僧把自己的衣服挂在名单之下，故称“挂单”。

液忆

“Water”、“水”（*shuǐ*）或“みず”（*mizu*），我们赋予这个字读音。字本身是没有生命的。但当我们运用同一个符号系统去沟通传达所有曾经体验的抽象和无形事物，字就变得很有趣了。当我回忆起纽约小咖啡馆的那一杯水，水杯的象征含义延伸了我在京都的所知所感。顿时，纽约的忧郁与京都的沉淀融合为一，变成一种不可言喻的情绪，总是在我的创意领域里探头探脑。

我决定像剥洋葱般，一层一层打开我的视觉、听觉、嗅觉、味觉、触觉，打开我的眼、耳、鼻、舌、身的全部感官记忆，打开我生命里的京都经验，构造一个丰富而细腻的感知作品。

我积习成癖，待解决的设计问题总是吸引着我，这也是当一名设计师最有趣的部分。

作者用线条、形状、色彩去勾勒京都的滋味

蚱蜢似的
跳跃思考

看他随着Manu Chao[1]的《我需要月亮》(*J'ai Besoin de la Lune*)起舞总让我会心一笑。紧闭着双眼，激情地甩着头，忘我地摆动着修长的双臂，活蹦乱跳……他的舞姿像只蚱蜢。

每次看到蚱蜢就让我想到他，想到他跳舞的样子，想到Manu Chao的音乐，想到纽约的那家酒馆，想到伦敦那杯昂贵的拿铁咖啡，想到希腊朋友的加拿大女友，想到加勒比海那艘叫Basta的帆船，想到……

大部分时间，我们的大脑都在反复或混合的推演和追古溯今的想象之间跳跃思考。而这种思考能力就是所谓的“蚱蜢似的跳跃思考”。因此，马耳他心理学家、发明家爱德华·德·波诺(Edward de Bono，1933—)宣称：“数百年来，人类深信以往应验成功的逻辑公式就足以立刻现成套用，但这样的直线思考简直就是胡说八道。”

我突然想知道薰衣草为什么是紫色的。我想，现在也该喝杯拿铁了，我跳……

1 Manu Chao，拥有西班牙血统的法国籍拉丁民谣歌手，1961年出生于巴黎。

像Manu Chao 一样思考

根据爱德华·德·波诺的定义，水平思考法是一种借由观点与角度的改变而引发的思考方式。这不是一种立竿见影的理论，而是以不按常理出牌的思考方式获得的概念。

我爱Manu Chao，爱他在音乐上所表达的浓情蜜意，也爱他以水平思考法填词的《我需要月亮》。品读他那凸捶且无厘头的歌词（至少我这么认为），想必他的创作思考过程是天马行空、充满趣味的吧！

乔伊斯（James Joyce，1882—1941）和他朋友出去喝一杯的时候（其实他本来就常常呼朋引伴地找酒喝），会在聊天中写下他听到的只言片语和好笑的字词，并把这些笔记小抄塞进外套里。等他回家后再把小抄拿出来存放着，以备写稿时的不时之需。他的《尤利西斯》，20世纪最伟大的一本书，就是这么写出来的。我在想，不知道Manu Chao是不是也用了同样的方法，才创作出《我需要月亮》的歌词。

我需要月亮

深夜，需要向月亮倾诉
生活，需要有太阳加温
身边很需要你的陪伴
身边很需要你的陪伴
深夜，需要向月亮倾诉；知晓翌日的到来，少不了太阳
需要父亲告诉我，我来自何方；需要母亲引领我方向
需要地铁载我去喝一杯
那么需要忘却，那么需要祈祷
每天，每天……
需要透过人间了解地狱
非常需要有一个小角落可以在早晨时小便
非常需要爱，每一天都需要
身边很需要你的陪伴
一直梦想有一天能在月光下散步
一直梦想有个能在早上睡觉的日子
不需要死亡嘲笑我的命运
每天，每天……
夜晚，需要向月亮倾诉
知晓翌日的到来，少不了太阳
需要父亲告诉我，我来自何方
不需要死亡嘲笑我的命运

先斗町的满月，京都

莫里斯·鲁塞尔先生，难怪点子爱上你

杰出的法国调香大师莫里斯·鲁塞尔（Maurice Roucel）说："虽然从没搞清楚点子到底从哪儿来，也无从预料点子将如何展现，但我倒是能够无时无刻、从各种地方拾起点子。如果没有任何东西可以持续刺激我的灵感，日子会很难挨，我也无法过活。四处漫游——对不同的人、事、物和环境保持开放的胸襟——其实就已经够了。"对鲁塞尔先生而言，这种自发性的思绪就像婴儿学步或成人学开车，在长期不知不觉中潜移默化。美国作曲家约翰·凯奇（John Cage，1912—1992）说过："我虽然无话可说，但我到底还是说了。"

然而，说到创意如何成形，鲁塞尔先生深信，设计师的纸上涂鸦，是为了创造曲线最优美的香水瓶；音乐家填写音符，是为了谱出最伟大的和谐乐章；调香师把香水材料转换为化学公式，是为了调配出最难以忘怀的袭人香味。而说了这么多，最重要的是鲁塞尔先生体会到，随着实际操作、直觉反应、更新观点，点子有时也应运而生。

波普艺术开创者之一的安迪·沃霍尔（Andy Warhol，1928—1987）有次解释说："我只是画一些在日常生活中，我觉得漂亮，但却被人们忽略的东西。"点子爱搞破坏，而且有千变万化的易容术。但只要我们用心注意，点子就会不请自来。灵感精灵似乎偏好那些随时随地产生好奇心且拥抱热忱的人。

莫里斯·鲁塞尔先生，难怪点子爱上你。

肠枯思竭

当肠枯思竭写不出只字片语时，我会拿起一本书，再把它搁下，凝视窗外；在我小巧的纽约公寓里四处走动……盯着空白的纸……描写着希腊字母……放大的、缩小的、斜体的、粗体的、细体的……

当搜索枯肠再也涂鸦不出任何创意点子时，我吧嗒吧嗒翻阅旧的素描本，看卡通，听Manu Chao的音乐，画不同的图案——白描的、彩色的、放大的、缩小的……解构再混搭那些我已经画下的设计图形。

如果再不行，我喜欢以一个最舒服的姿势躺在蒲团上，或盯着天花板，或伸展四肢，或蜷曲团抱，或平躺，或侧躺，或趴着。还是没辙的话，那只好出门，孤独地走上一段长长的路，漫游在大街小巷中。这一走可能走上数个钟头，也可能只是因为看够了街上商店的橱窗、霓虹灯、街头涂鸦、广告和餐厅，所以打道回府。

如尼采（1844—1900）所说：“想法该出现就会自己出现，不是我们所能左右的。”几年的设计经验让我体会到，光靠意志无法召唤出灵感。

i am Thinking.
COLORS
DC Aug. 2015

悖论

前几天，我通过纽约与巴黎的电话连线访问莫里斯·鲁塞尔这位受人景仰、无师自通的调香大师。他说："说来好笑。我回顾过去，然后再去看今日的香水创作，却在其中嗅出了一丝讽刺的味道。在以前，调香师没有那么多的香水原料可以运用，但是他们一心想调配出最有趣迷人的香水，深信即使是资源有限也能突破困难，解决问题。现在随着科技进步，成千上万的天然和化学合成的香水原料反而成为调香师的绊脚石和挫折。"鲁塞尔观察到当今香水创意发展中的矛盾现象。

从五角设计联盟（Pentagram Design）睿智的平面设计师兼合伙人迈克尔·布雷特（Michael Bierut）的文章《设计师为什么都不动脑？》（*Why Designers Can't Think ?*）中，也可见到类似的矛盾："以前美国的平面设计师大部分都靠自学，因为当时能够提供完整课程的专业设计学校根本不存在。"迈克尔·布雷特更进一步陈述："这些前辈们用不着四年的字体设计和视觉沟通课程，就能培养出一套平面设计的美学，反观今日呢？教授平面设计的课程如雨后春笋般以惊人的速度生长，给懵懵懂懂只知抱佛脚而不知设计为何的学子就读。但‘平面设计’对他们来说只代表‘前途光明’，仅此而已。”[1]

莫里斯·鲁塞尔指出，在现今的香水市场上，古典和前卫的香水产品各占一席之地。“全球每年至少有一千种以上的新款香水发表上市，但长时间下来，只有百分之五得以幸存……”他说，“你可以把香水跟音乐做个比较。音乐排行榜上的前十名，有些歌曲可能仅仅上榜一天，或一个月，就消失无踪了。”若延续鲁塞尔的比喻——美国音乐人莫比（Moby）的电子音乐，虽然有趣生动，但很快就被人遗忘；而德国音乐家巴赫（Johann Sebastian Bach，1685—1750）的古典音乐，则在经过数个世纪之后，仍然历久弥新、屹立不倒。

迈克尔·布雷特认为，现今的平面设计教育只重视设计的外观，而轻视作品的内在意义。换言之就是创意设计过程为辅，产品结果为王。讽刺的是，即使我们目前仍然迷恋着、拥戴着那些20世纪40年代和50年代出品，以创意过程为导向的设计，但那些崇拜感官刺激的视觉设计作品仍然大行其道。[2]相比较，后者缺乏了缘自艺术、文学、科学、历史、政治和其他任何学科的意义深远的文化凝聚力。想想看，调香师如果不对艺术充满热情，怎能调配出迷人的香水？设计师如果不对香味流露好奇，怎会发想出赏心悦目的香水瓶？小说家不迷恋众生百态，怎么可能娓娓道来，著成一书？

我们正迅速步入一个以为科技研发的便利处方能够解决任何疑难杂症的时代。但这正是矛盾之处——我们竭力去获取任何可以尽情表现无限创意的可能（不论是香水原料或工具），却过度倚赖工具（可能是化工搅拌器，也可能是应用软件），反倒让自己无所适从，干涸了创意源头。

1 迈克尔·布雷特著《设计的79篇短文》（*79 Short Essays on Design*），纽约：普林斯顿建筑出版社（Princeton Architectural Press），2007年。

2 同上。

放开

去瑞士阿尔卑斯山滑雪度假期间，我的左脚踝受伤了。之后有好一阵子，我都一跛一跛地走路。有一天，三更半夜，雷声惊醒了我。拖着一条半梦半醒的左腿，我下意识地从被窝儿蹒跚下床。关上了窗，熄掉那一直亮着且发烫的灯。我跌跌撞撞地走到厨房去喝杯水。厨房地砖在没穿鞋的右脚脚底下让人感觉是如此的冰冷，也让我突然想到——我们是怎么走路的？

我们怎么走路？我的意思是说，走路基本上是我们与生俱来的本能，但是该怎么走呢？怎样才是最好的走路方式呢？

走路的方式确实反映出我们的心情。如果有自信，我们的肩膀会往后，胸膛则微微前挺。如果没自信，肩膀就会向前倾。不管我们走路时像饶舌歌手还是追赶时髦招摇过市的人，在理论上，走路就是先站好，弯脚，带动一只脚往前并让脚底离开地面，再带动另一只脚前进，然后重复这个程序。但是，走路的关键是放开步伐，否则我们哪儿也去不了。

走在纽约曼哈顿的第五大道上

“放开”同样也是创造源泉的基本精神。在这个自我为主的创意产业中，设计师常常因为行销部门日益减缩的预算、老板或客户贫乏的鉴赏力、品牌识别规章的限制而觉得绑手绑脚、束手无策。但是随着行之有年的设计经验，我逐渐了解到，像堂吉诃德般迎面刺击那座宛如假想敌的风车，于事无补。

关于“放开”，禅宗的一个哲学观如是：在人生中，我们终究得放开一切，甚至走到人生终点，我们也得放下生命。我们能接受这样的观点，才能超脱而了解到人生真正的喜悦。人要有舍才有得。有时候这代表了失业、与情人分手，或纯粹只是选择尝试些新东西。

你可以选择放开个人情绪以迎接挑战，也可以放开工作去探索其他的可能性。我的忠告是，在下定决心前，先启动状态最佳的那只脚。

葛饰北斋，浮世绘[1]的御宅族[2]

埋首设计或写作时，自我怀疑的阴霾偶尔会笼罩着我。每当这个现象发作，我会归罪于自己的笨拙、懒散。在这种非常时刻，只有一位艺术家的话能抚平我的负面情绪。“敝人从五岁开始迷上静物素描。五十岁左右，已经创作了不少作品，但是七十岁之前的画作，对敝人来说根本没有任何引人注目之处。敝人是在七十二岁的时候，才开始领悟到一些飞禽走兽、昆虫、游鱼的真实特质，体会到绿草和大树的生气勃勃。因此，敝人在八十岁时应该算小有进步，九十岁时能更深入地探讨万物的真谛，一百岁时应该算得上有点了不起。到了一百一十岁，敝人画出来的每个点、每条线理应栩栩如生，充满着生命力。敝人在此仅求，能活到这把岁数的众生们，竭力流传此言之真理——北斋，一个画痴老汉笔。”[3]这是江户时代（1603—1868）的浮世绘传奇人物，葛饰北斋（Katsushika Hokusai，1760—1849）的一段话，写在他最有名的画册《富岳百景》的最后一页。

北斋的笔触完美利落、苍劲有力，再加上鲜艳细致的淡彩笔法，让他成为全日本最出色的艺术家、浮世绘版画大师，也是漫画的创始者。但就在1849年，北斋死前，他还谦虚地说："如果上天让敝人再活十年，或五年，敝人一定能成为一个不折不扣的艺术家。"

葛饰北斋一生共画了逾三万张作品。和北斋相比，想想我只要再持续埋首伏案三十年就能成为"一位画家"，实在令人欣慰。加油，Della！

1 浮世绘，日本民间版画艺术。

2 御宅族，指热衷并精于某种趣味或事物的群体。御宅（おたく、オタク[*otaku*]）一词源自日本，本来用于第二人称，20世纪80年代曾在科幻动漫爱好者之间极为流行。现在一般指对次文化如动画、漫画、电脑游戏等狂热及有较深了解的人。

3 弗朗索瓦·普拉斯（François Place）著《画痴老汉：北斋的故事》（*The Old Man Mad About Drawing: A Tale of Hokusai*），波士顿：David R. Godine出版社，2003年。

选自葛饰北斋《北斋漫画》里的第36张人物插画，彩色版画，1815年

北斋以他一贯的诙谐戏谑手法来挖苦当时传统的日本阶级社会，博得观者会心一笑。

陶土禅

辻村史郎（Tsujimura Shiro，1947— ）是日本最负盛名的陶艺家之一，他常常在一天内烧出四百个茶碗或一千个清酒杯。而他那位于奈良森林的住所里头，则堆满了成千上万的茶碗、花瓶和杯子。

十八岁时，辻村史郎进入奈良三松禅寺，接受严格的禅训。两年以后，东京日本民艺馆里一只叫人难以忘怀的茶碗让他决定投身陶业。即使现在拥有举世名声，辻村史郎仍然秉持着创办禅宗分支曹洞宗的道元禅师的教训：唯有通过身体力行而非理论去面对自我，才能达到领悟。对辻村史郎而言，与其在寺庙中坐禅，在转轮上全神贯注地捏陶更能给予他启发和领悟。

接触黏土的时候，辻村史郎会放空心思，摒除所有的脑中残像。除了在转轮上移动的双手，他什么也不做。彻底执行自学的辻村史郎认为："我们在寺庙里学习如何全心投入生活。打扫的时候，彻底清扫；用餐的时候，认真进食。这是禅训的精髓……我一天烧一千件作品是为了创作出一件我真正想要的作品。在创作的过程中，我从来不担心每一件作品的结果。”

“我想要做出让使用者惊叹的作品，一个能诱使人们像欣赏碗的内部一样，去看看碗底落款的茶碗。”辻村史郎同时兼顾了整体与细节，成为该派禅宗让人印象深刻的例证。

陶钵，作者私人收藏

中川幸夫先生，日本插花艺术[1]的局外人

我的肤色比较黝黑，五官比较立体，走在日本街头，很容易被误认为是来自冲绳的日本人。但只要我一开口说话，日本人立刻就知道我是个“外人”。

“外人”这个日文汉字通常是指外国人、外来者，但也有局外人或陌生人的意思。

被日本插花艺术界视为异议分子的中川幸夫先生（Nakagawa Yukio，1918—2012），在三十三岁时毅然决然地离开了“池坊”（Ikenobo）[2]。这样壮士断腕的手法对一位插花艺术家来说，是一种对物质的彻底牺牲，因为挂靠流派从事教学仍然是插花大师们主要的收入来源。此后，中川幸夫先生就成了插花艺术界眼中的局外人。

中川幸夫先生无视于插花界既有的风格和门派，展现其个人“拈花惹草”的天赋。在他的作品《花界女祭师》（1973）中，他把九百朵红色康乃馨封存在自己手工吹塑的一只玻璃瓶内。等这些花朵腐化成液体后，再把玻璃瓶颠倒过来，放置在一张白纸上，让那些郁郁溢流的殷红液体

像血一样染红雪白的纸张。这样奇异的插花功力，在在凸显出中川先生那不屈不挠的强烈个性，同时也表露出他对插花艺术的深层执著与追求。

中川先生认为，花卉就像人生，有生也有死。插花创意过程中最重要的就是自我忠实。2009年时这位已年过九旬的老翁还说："倘若你已经到达一个登峰造极、无人能及的境界，那就没什么好担忧的了；这也是不该东施效颦的理由。"

这么多年来，中川幸夫先生一直以背离传统插花艺术主流的局外人身份而怡然自得，证明了解开枷锁才能展现创意的独特性。中川先生同时研习书法，学摄影，钟情于玻璃艺术创作。许多人将他视为日本前卫插花艺术家的先驱。

1 日本插花艺术，日文为"生け花"（*ikebana*），又称"華道"或"花道"（*kado*）。

2 "池坊"（Ikenobo），日本最古老的花道流派，恪守日本插花艺术传统，以"立花"为主，着眼于线条的构成，讲究线条美，后来成为日本传统花道各个流派的本源。

《向中川幸夫先生致敬》，作者的插花作品

日本
美学词汇

德国诗人、小说家和剧作家歌德（Johann Wolfgang von Goethe，1749—1832）认为："每个人应该每天至少听一些歌曲，读一首好诗，观赏一幅精致的画作，如果有可能的话，多说几句理性的话。"歌德说得好。无独有偶，日本人同样尝试编织美丽与审美智慧并将它们融入日常的生活中。

摇曳生姿的梅花，从木头散发出的难以捉摸的香味，长袍上精致的色彩组合，男人第一次看到女人的和服袖子或是她的书法所产生的迷恋，比工厂制品来得实用且更令人赏心悦目的手工陶钵；对于日本人来说，美的本质是通过最细腻敏感的情感经历得来的直觉感知，未必需要再三推敲琢磨。

为了让您更理解日本美学，以下我列出从日本中世纪（1185—1600）衍生的一些基本美学词汇[1]：

哀れ（*Aware*）：被感动的能力，与平安时代（794—1185）的文学[2]和贵族价值观相关的一种审美理想。

一个对短暂生命发出的善解人意的反应，这个词汇通常意味着悲伤，虽然也有可能是发自内心的喜悦和惊奇。

物の哀れ（*Mono-no-aware*）：对生命无常的感叹。这个词汇表明了对稍纵即逝的美丽景象所产生的灵敏度，如飘零的梅花或樱花。日本文学中极佳的例子便是女性作家紫式部（Murasaki Shikibu，约973—约1014）的《源氏物语》。

おかし（*Okashi*）：一种对事物和事件表现潇洒自如的审美态度，因此与情感层次鲜明的“哀れ”形成对比。这是平安时代著名的宫廷审美的理念，它不会忽略智慧，但强调从理解自然生命的过程中去感知形状、颜色、声音或气味。日本文学中很好的例子是女性作家清少纳言（Sei Shonagon，约966—约1025）的《枕草子》。

雅（*Miyabi*）：特别是在平安时代最为盛行的一个美学理念，与贵族社会的精致感受力和宫廷优雅相关联。这个词汇所代表的外在、社会和仪式方面的审美观和更内向、更私密的“哀れ”与“おかし”相形对比。无论是外在实体的精致化或是抽象的微妙关系，它指的都是宫廷典雅的氛围。可以说，“雅”几乎涵盖所有平安时代所产生的宫廷艺术的理念和风格。

幽玄（*Yuugen*）：一个具有多义性和影响力的中世纪美学理念。它表达黑暗、深度、神秘、短暂、暧昧、平静、悲伤和优雅。这个词汇起源于中国，代表在智慧领悟之外的道教或佛教真相。

侘（*Wabi*）：摆脱美丽与深奥之理，从朴素或不做作的事物中以自然之姿显露本相的审美理想。这个简单而严谨的审美概念可以在诗歌中发现，日后也成为茶道的主导哲学，通常被称为“侘茶”（*Wabi-cha*）。

寂（*Sabi*）：对茶道和俳句来说非常重要的审美理念。随着时间的推移，材质与空间展现出枯萎和破旧的美感。最初是一个中世纪的审美理念，“寂”意味着出世、年老、色衰、孤独、分离与宁静。

粋（*Iki*）：产生于18和19世纪后期，结合物质的感性和精致的优雅，也是江户时代商人阶级的审美理想。“粋”是“精神”或“生命”的意思，但后来演变成形容一个人意气风发或活泼的生活方式，以及代表这种生活方式的时尚和艺术风格。

1 来自于JAANUS（日本建筑艺术网用户系统）线上字典的解释。

2 从794年到1185年的平安时代，是古代日本的最后一个时期，定都平安京（今京都），被认为是日本天皇朝廷的巅峰，因适值中国唐代中、晚期至北宋及南宋初期，受佛教、儒学、道家等思想文化影响极大。平安时期且以文学艺术闻名，特别是诗词与小说，随着日本自己的文字——假名的演进和产生，完全以假名写作的诗歌等出现，由此逐渐摆脱汉文学的影响，日本文学开始登场。

侘寂

在17世纪，美国还没有成为一个国家之前，松尾芭蕉就诞生了。他是一位日本俳句大师、冒险的旅行家、大自然的好友，以及心灵生活的导师。他所秉持朴素、温和、简单和纯净过生活的形态，与现代所阐述的侘寂生活的精神相当接近。

加拿大音乐家与诗人伦纳德·科恩（Leonard Cohen）提到："侘寂是日本美学的精髓。它是一种不完美、短暂、未完成的美；它是朴实无华的美；它是不从俗的美……"

如何将侘寂美学应用在设计上呢？

在颜色方面：取材自然资源，物品释放出柔性与天然的质感。它的色彩将随着时间的流逝而褪去，光泽也会因此烟消云散。

在质地方面：就地取材，保持自然的手工程序，显现质地粗朴、不对称、斑驳、随机的特色。

在造型方面：物品自然或是有机成型，展现非人工、原始不对称或不规则的外观。

在材料方面：有机非人工合成。木料、金属、纸材、织料、石头与黏土都是很适合的材料，它们经过岁月洗涤的痕迹显得特别丰富并引人注目。

无论是一件物品、建筑，或是视觉艺术，真正的美必须等待时间层层的包裹与渗透后才能真正看得到，而这才是侘寂的精髓所在。

盆栽

我把他比喻为瑞士阿尔卑斯山上玉树临风的松柏，然而我在他的眼里却是一棵小小的盆栽。觉得西方社会对尺寸有些许偏执，所以当然对他的评论有点不悦。但是聪明的他声称，万物之美在于比例得当，就像需要勤劳修剪才能保持完美的盆栽，微小却精致。

在许多日本的传统文化特色中，盆栽特别深受佛教禅宗和侘寂美学的影响。小中有大，短中见长。盆栽完全展现简洁的审美与长期创作过程中所投注的努力。盆栽是在极端严苛的条件下培育侏儒小树的艺术结果，在追求“自然”、“美丽”和“成熟”这三大盆栽艺术特质的同时，这些美学概念也在不知不觉中慢慢地滋养了盆栽园艺家。也就是说，园艺家塑造树的同时，他也被树改造了。

美丽无从衡量，因此盆栽之美只存在观察者之心。我们的爱情，就像以多种艺术形式来表现的盆栽，无论是给予还是接受，爱情的本质终究会以一种独特的方式来表达我们对所爱的人无私的热情。

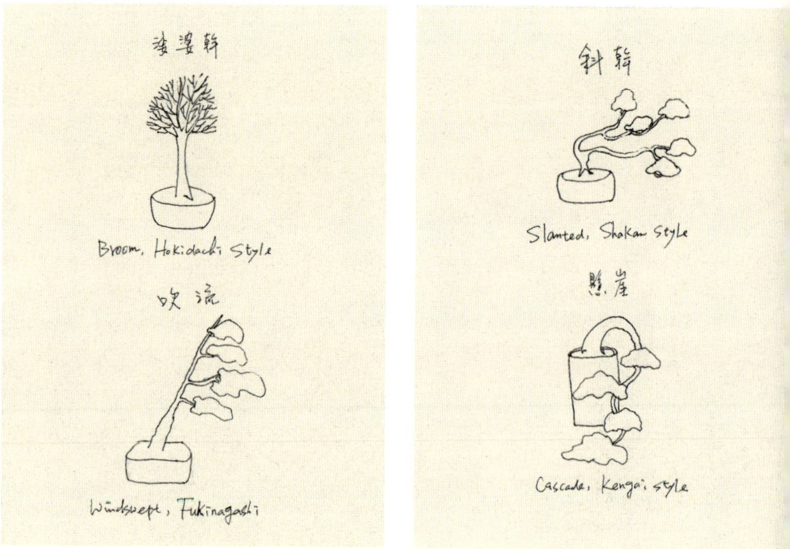

以主干走向区分的盆栽美学

直幹
formal upright, Chokkan style
模様木
informal upright, Moyogi style

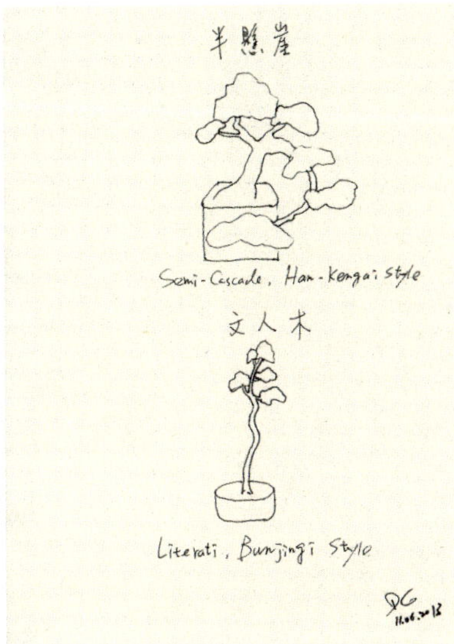
半懸崖
Semi-Cascade, Han-Kengai style
文人木
Literati, Bunjingi Style
11.06.2013

“暧昧”，
模棱两可的心态

大江健三郎（Oe Kenzaburo，1935— ）是日本第二位诺贝尔文学桂冠作家，暧昧是他的注册商标。他把暧昧定义为“模糊、晦涩、一意双关、半信半疑、不确定、不明不白、模棱两可、不明确、朦胧、双重、两面含义”[1]。在日本，暧昧充斥于艺术、文化、文学，甚至语言之中。

日本人认为暧昧是种美德，但在跨文化的沟通上，这却可能造成许多无谓的困扰。西方人对每件事情务求准确及沟通无碍；日本人则觉得，假使对方一无所知，打开天窗说亮话是不礼貌的行为，所以只要认为对方够精明，其实无须把话说清楚。

生活在日本常常可以见到妥协的优点，日本人会用许多委婉的话语拒绝对方的提议。他们竭力维持和善的气氛，借着迂回的方式表达自己的想法。暧昧一方面是种礼貌，另一方面则维持着融洽的氛围。回答“不”让人觉得无礼，但回答“好”不见得意味着“好”。这就是“曖昧な言語”（模棱两可的语言）的精髓。

冲突与误会来自语言上的暧昧，但也是触发创意的关键。揭开一首诗或一部电影的隐喻需要许多的创意联想。借着个人思绪与经验的透镜来阐释艺术家的想法，可以萌生出连原作者都意想不到的新点子。

1 大江健三郎著《我暧昧的日本》(あいまいな日本の私)，东京：岩波书店，1995年。

作者用“YES”和“NO”的视觉设计来诠释日本文化中的暧昧

请问
您想用些茶泡饭[1]吗？

京都人以他们暧昧的举止和言辞闻名。他们相信对于某些事情，还是隐而不言比较好。身为一个外国人，我从来没能畅行于京都极端复杂的社会系统中而丝毫不出差错，然而我发现，这道看不见的礼仪之墙，确有其丰富魅力和有趣之处。墙就在那儿，但它仿佛装了衬垫般，既柔又软。

在某些令人难为情的社交场合，京都人经常使用意会而非言传的暗示。例如，当京都人询问他的客人是否想吃些茶泡饭时，就是意味着这位客人已经停留太久或是在不合适的时间到访（例如晚餐时间），因此被礼貌地请求离开了。

京都，有其独特的表现方式和暧昧文化。京都人曾经历政权从京都移转至东京的年代，为了自我保护和确保生存，他们倾向不去明确地表达自己的立场和公然抨击他人，由此孕育出个体性和多样性。当绝大部分的日本社会及组织推崇和谐一致胜于个人特色时，拥有个别独特想法的京都企业家们已经能够在自己的领域里走自己的路（京都大学末松千寻教授语）[2]。但我们究竟如何才能看穿京都人真正的心思呢？锦市场[3]附近，一家小而舒适的咖啡厅里，接受访问的SOU · SOU[4]创办人兼设计师若林刚之（Wakabayashi Takeshi）说："如果你尊重这个文化，那么总有一天你会能够分辨的。"

除了"一見さん"（初次到访的客人）[5]，茶泡饭的招待是另一种独特的京都传统。虽然长于京都的女性朋友恭子告诉我，这个传统几乎已经消失了，但每当人们想戏弄京都出身的人时，他们总是会模仿着柔软有礼的京都腔说："请问您想用些茶泡饭吗？"

1 茶泡饭是一种简单的日式料理，做法是将绿茶、高汤或热水浇淋在饭上。茶泡饭在京都称为"ぶぶ漬け"（*bubuzuke*），京都以外的地区称为"お茶漬け"（*ochazuke*）。

2 日本经济新闻编《京都》（日本都市系列），东京：日本经济新闻出版社，1998年。

3 锦市场创立于约四百年前，并在江户时代成为渔产批发业兴盛的市场街。这条街道夹在寺町通和高仓通间，由东向西延伸超过400米，约有130家店铺罗列其间。作为京都最主要的食品市场街之一，锦市场为京料理提供了从生鲜食物（特别是鲜鱼加工食品）到本地食材的众多选择。

4 SOU · SOU是一间从京都起家的服饰公司。请见"地下足袋的记忆"一章，第224—243页。

5 在京都，茶屋会清楚区分生客、第一次到访的客人（一見さん）和常客、熟客（お馴染みさん）。通常第一次上门的客人会在门口就被温和地请求离开，直到有熟客陪同前来为止，否则多半不得其门而入。大多数的熟客来自错综复杂的权贵网络，因此也让京都的隐秘世界和茶屋得以原封不动地保存了几个世纪之久。

ぶぶ漬けでもどうどすか?
THE POLITNESS OF KYOTO
WOULD YOU LIKE TO HAVE SOME BUBUZUKE?
DESIGN: DELLA CHUANG

村上春树式的爱情

10世纪末的最后十年中，清少纳言的《枕草子》里写道："心爱的人来访是世界上最愉快的事。但若此人只不过是点头之交，或只是来闲话家常而已，就令人讨厌至极！"我可以想象透过竹帘缝隙，一边偷窥，一边玩弄手中方巾的清少纳言。她的双颊泛着红晕，心头如小鹿般怦怦乱撞。她情不自禁地悄悄观察他的一举一动，当四目交接那一刹那所迸发的甜蜜渴求……爱我，不爱我，这种暧昧的感觉让想象力永无止境地自由发挥。

20世纪末，出生于京都的村上春树（Murakami Haruki，1949— ），借着他轻盈的写作风格，罗织出暧昧的感情网络。如果这些作品有相同之处，那么肯定是他对爱情先入为主的观念——一种复古式的浪漫爱情。我们甚至可以大胆地推测断言，剥去了硬邦邦的遐想，褪掉了科幻小说的矫饰，村上所写的小说实际上是不折不扣的爱情故事。那是对爱情的极度渴望，让他笔下的小说人物可以为了寻觅爱情而赴汤蹈火，在所不惜。爱情就是人生的最终目标，如是而已。

村上在小说中所赋予的人性观点，温暖、刻薄和幽默，基本上都以延续浪漫的爱情作为铺陈。在暧昧的两性关系上，村上也总是以最微弱的笔触，征引暗示着借由爱情赎罪的可能性。暧昧不但加深了村上春树小说内容的深度，更成为一种独一无二的最佳解读方式。就像是影像随着观看角度不同而改变的多角折光图片一样，伸手却不可及。

村上春树在一个访问中说过："日本人偏好写实的创作手法，他们喜欢有答案和结论的故事情节。但是，我的小说里找不到这些。我想留给故事无限宽广的可能性。我觉得我的读者会了解这种开放式的结尾。"

虽然"暧昧"的写作元素让读者对村上的小说大为倾倒，但他那不费吹灰之力就跨越文化藩篱的写作技巧也非常引人入胜。有别于其他大部分日本传统作家，如安部公房(Abe Kobo，1924—1993)与大江健三郎，村上的作品洋味十足，充满了西方情调。

想要为心爱的人煮一份十全十美有嚼劲的意大利面吗？去读读村上春树的《发条鸟年代记》[1]吧。

1　中文简体版译名为《奇鸟行状录》。

圆通寺，京都

桂离宫，京都

暧昧的空间
——缘侧

日本人对大自然的爱一直让我心有戚戚焉。如同日本传统文化会通过许多媒介去表现一样，“缘侧”（えんがわ[*engawa*]，日式走廊）也是媒介之一，且承载着与大自然间更直接的关系。

西方建筑与日本传统建筑是有差别的，而最大的不同就在于墙所扮演的角色。西方建筑依仗四周的墙壁界定空间，日本则把墙当作是某一种延伸，以此维系着与自然环境的衔接。

缘侧是个巧夺天工的建筑元素，创造出联结建筑物内、外的暧昧空间。一旦关上所有的推拉门，缘侧就暴露在风中、雨中和雪中；打开缘侧的百叶窗和推拉门，则产生新的空间，以不同的方式框住四周景象。缘侧的设计让住在屋里的人能如愿尽情享受大自然的景象：观赏春末盛开的樱花，夏天翠绿的竹子，秋天红色的枫树，冬天白皑皑的降雪。

对我而言，京都桂离宫里，松琴亭茶室的缘侧结构是最完美的示范。

在安藤广重的魔咒下
——梵高的日本风

19世纪中至19世纪末，法国吹起了“日本风”。这个名词描述了法国对日本文化与艺术的疯狂。日本港口在1854年重新对西方开放之后，梵高（Vincent Willem van Gogh，1853—1890）就如其他印象派以及后印象派画家，莫奈（Claude Monet，1840—1926 ）、德加（Edgar Degas，1834—1917）、图卢兹-罗特列克（Henri de Toulouse-Lautrec，1864—1901）、高更（Paul Gauguin，1848—1903）一样，赞赏着日本的浮世绘版画。

梵高的作品明显受到这波日本风的影响。他在给弟弟提奥（Theodorus van Gogh）的信中写道：“我很羡慕日本艺术家在画作中展现的令人难以置信的精简笔触。这种技法永远不会让人觉得了无生趣，也不会让人觉得作品是在仓促中完成的。像是呼吸般简单，他们挥舞两笔就完成了一张图画，那从容不迫、游刃有余的绘画技巧，犹如扣上风衣纽扣般简单。”[1]

在日本艺术家中，安藤广重（Ando Hiroshige，

1979—1858）最受梵高赞赏。安藤是那年代最受推崇，同时也是少数采用西方绘画技巧的日本浮世绘画家之一。在他的画中所展现的透视法，就是明显的例子。

安藤广重的《东海道五十三次》（1833—1834）和《名所江户百景》（1856—1858）两个系列画作影响梵高甚深，也因此促使他临摹《名所江户百景》系列，画出《雨中的桥》和《盛开的李树》。梵高在这两件作品中额外添加了边框和一些他认为代表日本异国情调的元素。但这些基于他个人想法的色彩运用，并未太贴近原作。

黑色描边是日本版画的典型元素。梵高1888年搬到位于南法的阿尔勒（Arles）之后，从他的当地风景画、静物画及人物写生画中，都可以看出这种日本版画风格的影响。

对梵高来说，阿尔勒形同日本，因此他在写给妹妹的信中也提及："提奥写信给我，信中提到他送了你日本版画。要了解图画中的光线与色彩，鉴赏日本版画肯定是最好的方法。但住在这里就像住在日本，我只要张开眼睛，画下眼前所见即可，日本版画在此是英雄无用武之地了。”[2]

当梵高的健康与精神稳定度每况愈下，他剃了光头，让自己“看起来像一位日本僧人”。一天，梵高朝着自己的胸膛开了一枪，苟延残喘数日后，于1890年7月29日去世。

1 Vincent Van Gogh Biography © 2005 Chuck Ayoub.

2 同上。

安藤广重《龟户梅屋铺》,《名所江户百景》No.30

彩色版画，1857年

收藏于美国纽约布鲁克林博物馆

梵高《盛开的李树》

油画，1887年

收藏于荷兰阿姆斯特丹梵高美术馆

葛饰北斋《略画早指南》，1812 年

纯美式风格的平面艺术家
——弗兰克·劳埃德·赖特

20世纪最重要的美国建筑师弗兰克·劳埃德·赖特（Frank Lloyd Wright，1867—1959）了解平面设计的神奇力量。他利用线条、图像及色彩作为他设计建筑作品的基本要素。

赖特宣称："单单处理建筑物，而把其装潢材质、空间组合和周围环境视为另外的部分，这几乎是不可能的。"透过他身为建筑师的视角，赖特在所有案子里发展并修改他独创的"有机设计原理"，不论案子大如建筑或小如平面设计。[1]

赖特终其一生都在学习东方艺术，且成为一位如饥似渴的浮世绘收藏家。有一次他说："我不得不承认日本版画对我有很大的启发。我想，不论是现在或未来，我都不可能忘却或抚平当年初见日本版画时内心的震撼。"赖特广泛地运用他那深受日本版画影响的"结构性设计"理念来创作，日本版画中的单纯、简洁与大自然之美更凸显出赖特创作灵感的根源。而对简约和去芜存菁极其赞赏的他，自然也会将注意力集中在如葛饰北斋和安藤广重这样的浮世绘画家身上。

赖特非常喜欢葛饰北斋的绘画指导手册——《略画早指南》(*Ryokuga Haya Oshie*，简略素描速成指南)。北斋在这本指南里提到，任何物品都可以被打散成几何图形，如圆形、方形、菱形、长方形。赖特也因为北斋那毫不矫揉造作的画风，对他万分推崇。

东洋艺术的自然、结构与几何图形影响了赖特，引领他走出自己的，既非欧风，也非亚洲风，而是一种简单纯粹的纯美式风格。

1 佩妮·福勒著《弗兰克·劳埃德·赖特：平面艺术家》(Penny Fowler: *Frank Lloyd Wright: Graphic Artist*)，Pomegranate出版社，2002年。

简洁

何谓简洁？

对学识渊博的列奥纳多·达·芬奇（Leonardo da Vinci, 1452—1519）这位意大利的科学家、工程师和画家而言，“简洁乃是精致极品”。

对波兰音乐家肖邦（F. F. Chopin, 1810—1849）来说，“简洁是终极的成就。永无休止的弹奏方式无法成就一位出色的音乐家，唯有简洁能让他赢得艺术的冠冕”。

美籍日裔庭园建筑师川名孝一（Kawana Koichi，1930—1990）则认为：“简洁是以最低限的方法发挥最大的效用。”

而日本茶圣千利休（Sen no Rikyu，1522—1591）也在他的诗里道尽了茶道的简洁：

喝茶不需大道理：
先烧水，后泡茶，
再好好地饮它一杯。
喝茶不过就是这么一回事。

在日本茶道中经常使用的竹制器皿，其材质和茶道所包容的玄妙哲理往往息息相关。用来插花的圆柱容器常常不过是一段被劈开的竹节而已。如此简洁有力的做法是日本设计的重要元素之一。强调简洁设计中的完美工艺已是某种设计原则，影响了许多日本手工艺人，也是他们所秉持的审美信条。

相对于“量大即是美”，日本式的简洁是欣赏单枝花朵的优雅摆设与呈现，着重创意的过程而非数量，强调发自人文关怀的亲和与有机的结构特质，而非华丽的门面。

唯有通过经验、才能和耐心，才得以展现那近乎自然的简洁，却又了然的形式。但除非有天衣无缝的执行作为后盾，否则简洁的设计几不可得。

简洁并不简单。

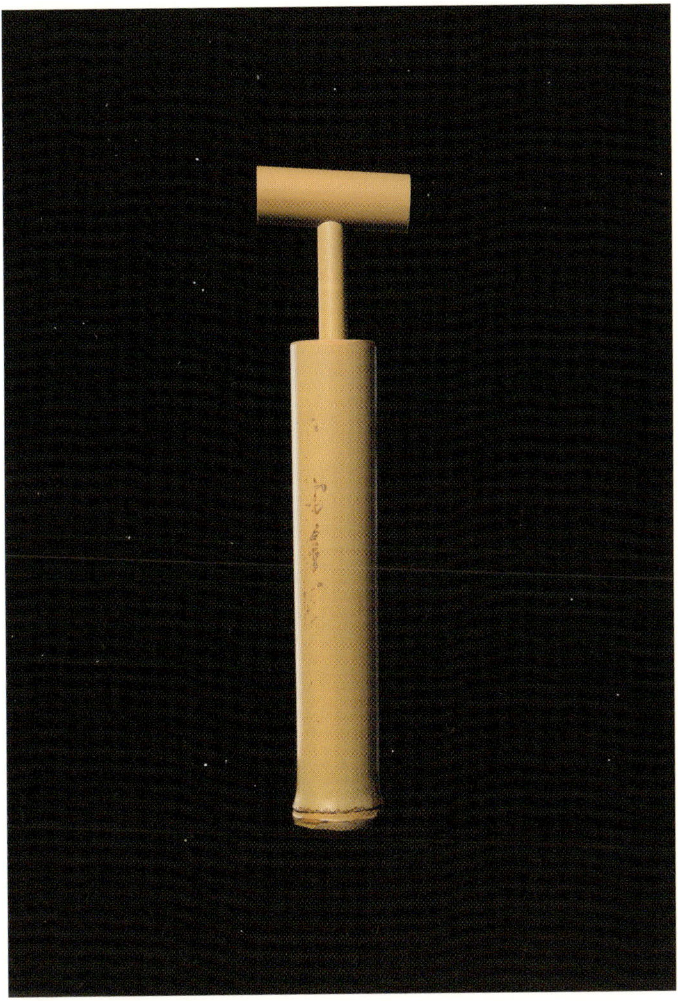

京都竹制水枪，作者私人收藏

爱死了哆啦A梦
（我如何撑过小学数学课的方法！）

虽然大多数时间我都尽力当个好学生，但是，小学上数学课的时候，我还是经常打瞌睡。我并不会不好意思向我善解人意的读者们告解：我要不是当黑板出现第一个神秘难解的数学符号时便去见周公，就是在课本的空白边缘画上几个漂亮的卡通漫画人物来打发这漫长难熬的时光。记得我常画的是日本卡通人物哆啦A梦，一只没有耳朵，为了帮助一位名叫野比大雄的小学生，从22世纪回到现代的机器猫。

我记得，在学校强制午休的时间里，若是太清醒或想睡但睡不着，我就会翻阅《哆啦A梦》。我的老师当然视此举为违反校规的不良示范。但即使是现在，我还是爱看漫画，或在睡前看点像《辛普森一家》（*The Simpsons*）的卡通剧集，特别是当我被压力和忧伤啃噬的时候。

也许，漫画里的世界是一片净土，在这里，梦想和理想能犹如脱缰野马般尽情奔腾，不受恼人的现实压制。

"漫画"一词源自日本最出色的浮世绘画家葛饰北斋。

《北斋漫画》一套总共15册，于1814年到1879年间（从画家五十五岁时到他1849年死后三十年）断断续续出版印行。该画集以素描的手法，画入了大自然、建筑物、市井小民的日常生活，内容包罗万象，应有尽有。

现在的漫画大多画成四格式，黑白印刷，阅读顺序由上而下，由右至左。一页一页分开，整齐排列，每个画面做成一块故事板。漫画家的挑战在于如何在有限空间中传达视觉，同时精致优美地呈现完整的故事情节。单单一张草率的图就可以把整个四格漫画摧毁殆尽，为了让每张图干净利落、赏心悦目，在画漫画的过程中，简洁是不二箴言。

漫画是我童年回忆的一部分。从七岁开始，我就是哆啦A梦的超级粉丝！（不过我还是对数学课敬谢不敏，毫无兴趣。）即使到现在，我仍然把PMS配色系统的青蓝色和哆啦A梦画上等号。2002年4月22日，哆啦A梦被《时代》周刊亚洲版票选为25位亚洲英雄之一。就像美国小孩心目中永远崇拜的超人一样，哆啦A梦是我的英雄。

Let's
make badges
バッジを作ろう
38

これ，みんな，スネ夫くんのバッジ？
Are these all your badges, Suneo?
よく集めたなあ．
What a collection!
63こあるんだ．
I have 63 badges.
ぼくが，なんたって1ばんだね．
I'm absolutely No.1.
ジャラ
JINGLE
おれ，18こだから，2ばんね．
I have 18, so I'm No.2.
わたし，たった6こ．
I only have 6.
でも，3ばんね．
But I'm No.3.
ぼく，1こで4ばん．
I have 1, so I'm No.4.
ようし，がんばって1ばんになるぞ．
OK. I'll collect more and become No.1.
わたしも，もっと集めるわ．
I'll collect more, too.
3人できょうそうしよう．
Let's compete among three of us.
バッジがほしいよう．
I want badges!
39

讲求企业效率的设计年代

第二次世界大战后的二十年被认为是美国设计的黄金年代。[1]IBM首任CEO小托马斯·沃森（Thomas J. Watson Jr.，1914—1993）坚持“好设计就是好生意”。他委托艾略特·诺伊斯（Eliot Noyes，1910—1977）制作产品，平面设计交由保罗·兰德（Paul Rand，1914—1996）操刀，大楼建筑则委任埃罗·沙里宁（Eero Saarinen，1910—1961），而查尔斯·伊姆斯（Charles Eames，1907—1978）与蕾·伊姆斯（Ray Eames，1912—1988）则负责策展。小托马斯·沃森指出：“一个美轮美奂的展览会场帮助IBM公司吸引了多少生意呢？我们信赖的这些难以名状的东西，证明了良好设计所带来的股利分红。”[2]

今日，放眼望去，那些胸怀理想，了解设计，重视文化扎根，创造广阔未来的理想企业家们在哪里？苹果公司的CEO史蒂夫·乔布斯（Steve Jobs, 1955—2011）算不算？根据美国平面设计师迈克尔·布雷特的看法，苹果企业并非赢在产品设计，而是因其专卖店得以胜出。换言之，苹果专卖店旨在带动一种“酷拜”（cool cult）风潮，乔布斯卖的不是商品，而是一种社会经验。

那么与工业设计和建筑设计领域相关的平面设计呢？它的现状又是如何？平面设计当然也无法逃脱企业现实体制的诅咒。汤姆·福特国际公司（Tom Ford International）资深艺术总监劳拉·莫杰斯基（Lara Modjeski）描述了企业体制如何影响着美国的香水与美容产业。她指出，在品牌识别系统、操作手册，甚至是营销策略等通用条规的压抑下，美国企业普遍缺乏接受挑战的能力。

“管理部门往往认为创意向来简单又有趣……因而常常对创意过程缺乏尊重。也就是说，设计部门总是到案子进入尾声时，才临时像赶鸭子上架似地收集资讯、收拾残局，并以迅雷不及掩耳的速度终结它。”纵使外界对设计师的评论总是——品味超凡的时尚人士，爱在修长优美的身上套件黑色套头羊毛衫，配一条名牌牛仔裤，但是在这些老生常谈的视觉解读背后，设计师是一群卷起袖子，埋头苦干，坚守岗位直到熄灯号吹响的蚂蚁雄兵。

“设计委员会”对设计师来说也是另一种的进退两难。劳拉·莫杰斯基说：“在企业体制的工作环境中，每个人都觉得自己是设计师，可以在设计里插上一脚。”但结果却显示，时间和精力都被白白耗费在一些无关紧要的事情上头。

像小托马斯·沃森那种对设计的尊重与激赏，有可能在当今商业领袖身上重新燃起吗？就像渴求的爱情，光靠祈祷或许愿根本无济于事。设计伙伴们，“革命尚未成功，同志仍需努力！”唯有保持更强盛的战斗力和行动力，才能让好设计在百年之后，“仍然”是好生意！

1 戈登·布鲁斯著《艾略特·诺伊斯：美国现代主义年代的设计与建筑先锋》（Gordon Bruce: *Eliot Noyes, A Pioneer of Design and Architecture in the Age of American Modernism*），费顿出版社（Phaidon Press Ltd.），2006年。

2 小托马斯·J. 沃森、P. 彼得著《父、子与公司——我在IBM的生活和其他》（Thomas J. Watson Jr. and Peter Petre: *Father, Son & Co.: My Life at IBM and Beyond*），纽约：班坦图书公司（Bantam Books），1990年。

简单
却精湛

以语言结构来说，“简单”与“简洁”都有“简”，这个“简”也同样代表着不浮华、不做作、不矫饰、不复杂。然而在设计评论上，这两者代表的反应不尽相同。我比较喜欢我的作品被评为“简洁的设计”，而不是一件“简单的设计”（或更惨的“简单设计师的设计”）。

“简单的设计”意义广泛，因人而异。但如果“简单”的目的是利益为先，美观在后，就必然会成为设计师的森森梦魇。尤其是当设计师逐渐领悟到以下事实——倾注了那么多的时间和热忱在设计上，企业界最在意的还是那两位数的年收利润。

当然，并非只有我观察到了这股趋势。美国设计师劳拉·莫杰斯基坦承，相较于日本设计的简约，当代美国设计的“简单”往往来自预算考量，或出于无知，或缺乏经验。在这种“简洁”的变相魔咒下，她说：“人们觉得美国的香水设计往往过度夸张/过分狂妄、廉价、俗气、不精致、浓妆艳抹，或者是过于简单乏味、无设计感、了无生趣……”

许多香水和美容业界的人士都已经觉察到，这个行业将大把白花花的银子投在制作精致优美、令人神魂颠倒的香水广告上，却要求创意部门在缩减的预算下，绞尽脑汁、勉为其难地“设计”出与好设计或好品味毫不搭界且粗制滥造的包装与卖场展示。

雕塑家兼作家的唐纳德·贾德（Donald Judd，1928—1994）是简洁风格的传奇代表人物。身兼画家、雕塑家和版画家三种身份的埃尔斯沃斯·凯利（Ellsworth Kelly，1923— ）着迷于简单纯粹的线条和曲线。建筑师弗兰克·劳埃德·赖特推崇有机结构的简约性。这些伟大的美国艺术家不是为了填满荷包而拥抱简洁，而是因为他们乐在其中，与之共舞。换句话说，大师们乐于浸淫在简洁的洗礼之中，只因为简洁就是那么纯粹的美妙。

尽管在企业的现实体制下有志难伸，我还是竭尽所能地体验这些美国大师的简洁概念，并且尝试“拥抱”营销部门及财务部门设定的公司业务规章，努力地设计一些尽可能“接近”简洁典雅的作品。但是，就和我的设计师同行一样，私底下我仍然渴求在未来的某一日，可以大显身手，设计出纯粹而精湛的作品。

百“闻”不如一见

法国超现实主义理论家安德烈·布勒东（André Breton, 1896—1966）表示：“蠢蛋才无法想象马在番茄上驰骋的样子。”换言之，如果我们不能把想象视觉化，就无法思考它。

将无形的香水视觉化是香水创意设计师面临的挑战，为此，他们需具备“脑内图形想象系统”的能力。根据美国科学家史蒂文·平克（Steven Pinker，1954— ）的描述，这种能力是“旋转、扫描、远近变焦瞄准、追踪摄影、错位，以及填图上色”。以我为例，在我拿着0.3mm的百乐牌原子笔动手画出草图之前，我习惯在脑海中通过不同的视觉角度思索琢磨，勾勒出理想的香水瓶曲线和轮廓。

法国香水制造商与企业家弗朗索瓦·科蒂（François Coty, 1874—1934）对香水下了一个定论：“香水不单单只是芬芳扑鼻，还要让人眼睛为之一亮。”在世界各地的调香师和设计师心目中，弗朗索瓦·科蒂具有举足轻重的历史地位，不只是因为他对香水的真知灼见，也因为他发现了雷内·朱尔斯·拉利克（René Jules Lalique, 1860—1945），一位天赋异禀的玻璃和珠宝设计奇才。他们两位同心协力地缔造出不论是在商业或艺术上都相当成功的香水作品，如1907年的女用香水“L'Effleurt de Coty”（科蒂的轻抚）及1910年的“Ambré Antique”（琥珀色古董）。

香水瓶的设计风格从新艺术（Art Nouveau）开始演变，经历现代主义装饰艺术（Art Deco Modernism），乃至今日的现代艺术（Art Moderne）。1925年起，机械的出现与其衍生的美学更是来势汹汹，使得设计的焦点由奢华装饰转变为功能简约。但今昔相比，香水瓶设计中最不可或缺的元素是什么？对曾与汤姆·福特和“拉利克”（Lalique）品牌联手设计“Black Orchid”（黑兰花）这款香水的瓶子的劳拉·莫杰斯基而言，“设计要有目的而不是凭空想象，要有功能且操作简便、聪明，符合香水的创意概念或要传达的故事；要表现出差异性，但不是为了标奇立异；要独特，但不是哗众取宠；要让创意穿梭于新旧之间，但最终呈现的，还是一种永恒不变的设计概念。”至于亨利·德·蒙克兰（Henry de Monclin），这位出身于法国玻璃铸造世家的设计师则说：“香水瓶应该要轻巧、晶莹剔透。”

那么，该如何把抽象概念以视觉形象表现出来呢？我想推荐一本引领我进入设计殿堂的书——《阿罗和他的紫蜡笔》（*Harold and the Purple Crayon*）。这本出自美国作家兼插画家克罗格特·约翰逊（Crockett Johnson，1906—1975）之手、老少咸宜的绘本，叙述一个名叫阿罗的四岁小男孩和他随身携带的紫色小蜡笔的故事。故事是这么开始的：小阿罗在月光底下走上了好长一段路，途中月亮不见了，所以他拿出一支紫色的蜡笔，在天空画了一个月亮。小阿罗画好了再上路，走到没路可走了，就画一条小路出来……就这样，小阿罗凭借机智慧黠与一支小蜡笔，创造出属于他自己的异想世界。

就如同这个小男孩阿罗一样，每位设计师也都有这么一项秘密武器——笔。从因人而异的视觉观点出发，设计师带着一支想象的笔展开一段奇幻遐想的设计历险。但是，想把脑中幻想的海市蜃楼转换到纸上或电脑屏幕上，设计师还必须同时具备经验、耐心与好奇心才行。我还记得第一次读《阿罗和他的紫蜡笔》时，脑袋里乍然闪现好几个问题：如果小阿罗画的是满月，他会有什么际遇？会碰上狼人吗？狼人又会长什么样子？等等等等。

几年过后，爱以视觉想象进行思考的惯性行为让我自然而然地踏入了设计这个行业。执笔写稿的当下，我恍惚思考着应该如何下笔描绘我挚爱的京都芬芳气息……对不起，亲爱的读者，我先失陪了。

祝君健康，与君共“闻”

当我沉溺在一本好书里时，总爱放下外在的世界。这时在家里的我，只有成堆的书籍与一杯又一杯的红酒为伴。屋子里那一盏中国油伞灯罩流泻出一轮黄而有晕的光，我常常拿着红酒杯，在灯影摇曳下徘徊踱步，仿佛这么做便能与灵感天使对话——或至少与自己的影子聊聊天。

点子爱以千变万化的形式呈现。如果一杯红酒可以点燃灵感的火花，那巴黎让·巴杜（Jean Patou）[1]香水吧里那只类似红酒杯的玻璃器皿，不但可以蕴涵香味，还能强化香水的芬芳。这个恰似法国波尔多红酒杯的闻香器具以法国香水瓶设计师亨利·德·蒙克兰命名，名为——“Monclin”（蒙克兰玻璃杯）。著有《香气的秘密》（*The Secret of Scent*）的卢卡·图林（Luca Turin）博士热心地说：“瞧瞧吧，Della。蒙克兰玻璃杯是个聪明绝顶的点子！”

据蒙克兰先生所言，这项设计方案的目的是为定点销售提供一个能够互相沟通品牌的渠道。他说明自己的设计理念：“如果你的分析干脆简单，论点直截了当，那么就没

亨利·德·蒙克兰“Monclin”（蒙克兰玻璃杯）

有必要拖泥带水，多做解释。一针见血的结论尤其有助于营销部门了解该设计的目的。”

了解事情的来龙去脉有助于欣赏设计。当蒙克兰准备在设计上大显身手时，他决定与让·巴杜集团共同合作。他们首先分析让·巴杜品牌的历史，巴杜先生在1930年代的时候，就在自己的流行服饰店里设置了一个鸡尾酒吧。这个点子的用意是，男士们可以悠闲地在酒吧里品酒闲聊，不用再玩手指头、无聊空等，而让女士们有更充裕的时间，慢条斯理地仔细端详最新一季的服饰。何等聪明机智啊，巴杜先生！

蒙克兰下结论：“我们从分析里观察得知，香水吧最能展现香水制作和品牌的专业能力，同时也是发展‘定做香水’策略的一项利器。”因此，吧台上常见的玻璃酒杯便顺理成章地成为顾客品闻香味的器具。

想当然耳，精湛的设计取决于良好的功能。但我们该如何使用“蒙克兰玻璃杯”呢？首先，把试香纸条浸在不同的香精里，然后把纸条穿过倒放的蒙克兰玻璃杯，接着再把杯子翻过来闻香味。嗯，祝君健康，与君共“闻”！

1 让·巴杜（Jean Patou, 1887—1936）是法国的服装设计师。而让·巴杜品牌中最著名的香水产品是以花香为主的“Joy”（喜悦），由亨利·阿尔梅拉（Henri Alméras）所设计。

简约的旅行

知足不辱，知止不殆，可以长久。

——老子《道德经》

老子有关简约的哲学思想让我成为一名不折不扣、迅速切实的旅人。无论是商务或是休闲旅行，我的行囊配备既少又单纯。我可以在既定的时间内打车，以迅雷不及掩耳的速度抵达美国纽约JFK、瑞士日内瓦、日本东京成田，或者是芬兰赫尔辛基的机场。

一些好奇的朋友们问我如何准备得体的轻装行囊。在此野人献曝，把个人的夏季旅行家私简列如下：

1. 一件美国服装品牌J. Crew出品的牛津学院风格的前开襟麻织衬衫：麻织衬衫愈皱愈有味道，配上一条剪裁合宜的牛仔裤便是最安全、最古典的休闲穿着。

2. 两件巴黎著名的棉织品公司——小船（Petit Bateau）所设计的T恤：我是该公司产品的忠实“粉丝”。最爱穿设计给男孩用的圆领T恤。单穿、内搭、室内、室外，样样皆宜。

3. 一件纽约服装设计师谭燕玉（Vivienne Tam）的纱质尼龙长洋装：谭燕玉爱用的尼龙织品不起皱纹、不占空间。永不过时又带点亚洲风格的洋装可以随时随地派上任何用场。

4. 一条意大利7 for all mankind的牛仔裤：最爱该品牌古典剪裁、复古洗涤的基本款。

5. 一双美国Cydwoq的皮制无跟凉鞋：走得舒服、穿得入时，该品牌的超质感手工艺术是最佳保证。

6. 创意混搭的饰品：珠宝饰品不占空间，又有画龙点睛之效。

7. 一个迷你小巧的化妆包：除了牙刷与牙线之外，小赠品包装的香皂、乳液和可充式的旅行香水瓶，是旅行的最佳搭档。

8. 多用途的 Dries Van Noten 围巾可以在寒冷的机舱和温暖的沙滩上使用。

9. 带上永远待命的索尼（Sony）HX系的数码相机、苹果笔记本电脑和好书一本。

我上路了……！

Travel size: 12-15ml（旅行用香水瓶）

A.

- Wooden frame inserted with a spray bottle
- gold cap

B.

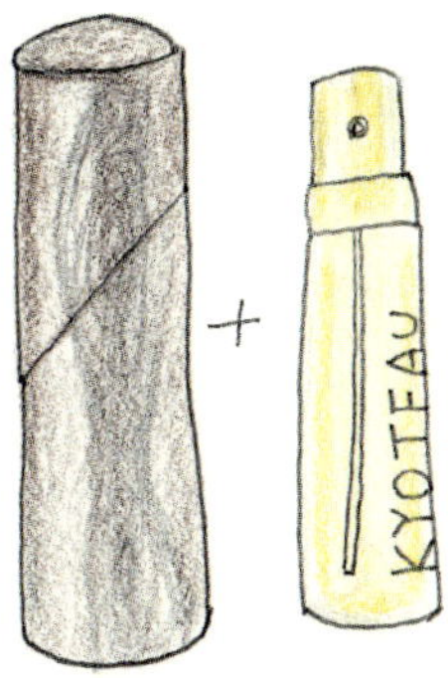

refillable perfume Atomizer
(Wooden canister with Spray pump bottle)

“一期一会”

我得坦承告白一件事，为了吸引你的目光，我热切地写下这本书。如此这般，我希望能深得你心并带你进入我的世界。我承认，我的体内蕴藏着多面性——渴望人们的注目，但又想逃脱躲避那些视线。即便如此，我还是满心虔诚地学习并亲身体会“一期一会”。“一期一会”这个概念由千利休提出，他是一位对日本茶道有深远影响的禅宗和尚。

“一期一会”的意思是“一生一次的相遇”，这个字句具体化了千利休的禅宗信仰——人们的相遇无法复制，所以不可亵渎。“一期一会”的生活哲学态度是对人生的无常了然于胸。我也试着更加心怀感激，彻底尽情地活在当下，避免活得跟蚂蚁一样庸碌，忘记了人与人之间那诚恳真挚的互动。亲爱的读者，这也是我想要和你一起分享的。

你知道蚂蚁遇见同类时是怎么“应对进退”的吗？它们会暂停，打招呼，再前进。日复一日。可是，我们是人，为什么我们要遵从所谓的社会礼仪规范，循规蹈矩，墨守成规呢？

每个人的举手投足、一字一句、目光交接，在在勾勒出对方圣洁的轮廓及眼前一瞬间的永恒无限。如果我们能体会每次的相遇都有可能是最后一次，那么人生中就不会有“错过”。

我对“一期一会”深信不疑。想想，我不仅意识到自我的存在，而且也注意到这世界还有一个你，这是何等的奇妙！因此我愿意敞开胸怀，与你分享我真实的一面——嗨！你这阵子都在做什么呀？

谋杀佛陀

京都的先斗町以艺伎屋闻名，许多人喜欢在那些拥挤的小巷中流连。但相较之下，我比较喜欢在午夜的银色月光里，绕着建仁寺散步，体验独处的平静。

独处刺激创作。独处的时候，可以完完全全做自己的主人。如果有人在旁，心神往往得对半打折，无法全神贯注。禅宗有句话叫“谋杀佛陀”，指的是：“杀掉佛陀和禅师，你才得以解脱。”言下之意，唯有割舍学理，才能迈出启蒙的第一步。

对创意人来说，做比说还难，尤其是在这资讯唾手可得却五花八门杂乱充斥的年代。然而，就像日本插花艺术的禅意一样，新的创意来自于“有舍才有得”。

身兼设计师与写作者，忙碌是我的生活状态。后来，我体会到光有耐心与辛勤工作并不够，我必须让自己远离人群、伙伴、铃声不断的电话，抛开日常生活中所有的麻烦、要求和沉闷，把自己反锁在书房中。但一旦把自己隔离起来，我很快就发现，自己并不如想象中那么孤寂，因

《达摩》，禅宗祖师，水墨画，画家佚名

为我还有予人启发的书本为伴。

此时此刻，我正在纽约的公寓里，咀嚼孤独，埋首写作，试图力行16世纪的千利休，这位对茶道艺术甚有影响的和尚所说的偈语：“做一个彻底的谋杀者。”

老奶奶的纸鹤

万籁俱寂，满树红叶，宁静的氛围让我觉得自己和其他两位女士（老奶奶和她中年的女儿）一样成为温泉的一部分。我伸展着四肢，凝望着秋天的天空，舒服地泡在下榻的日式旅馆户外的石头温泉里。

闻闻石头味，感觉冷空气，听着流水声。露天温泉这么美好的经验让我差一点就睡着了。但不一会儿，一个温柔的声音叫醒了我："你常来吗？听人家说这里的水对皮肤跟头发很好。"

是那位老奶奶，她想跟我进行一场"裸裎对谈"。我只会一些简单基本的日文，对谈在她那位稍微会说些英文的女儿的帮助下进行着。知道我是个外国人，只身来到这个外人罕至的小镇旅行，回到纽约后还要进行一场手术，八十二岁的老奶奶深感讶异。

隔日早晨，旅馆的老板交给我一个用了张可爱兔宝宝贴纸当封口的粉蓝色信封。我拆开信封，发现了一只纸鹤。我在手中翻动着这只绿色的小纸鹤，不知不觉热泪盈眶。

老奶奶给作者的纸鹤

在日本，人们认为鹤会带来各种好运。这只纸鹤，是老奶奶给我的最好祝福。

老奶奶的纸鹤让我想到人生。

在做日式折纸的时候，你得把纸重复折叠许多次，大部分的折叠动作只是一个过程，而不是结果。折叠再拆开，拆开又重折。这么不厌其烦的反复动作为的只是创造出与原来截然不同的形体，像极了我们人生的顺境和逆境。

“吾唯足知”

在看似随机摆放着15块岩石的禅意枯山水之前，我陷入沉思。此时万籁俱寂，除了身边的樱花树不时传来嘤嘤的鸟啼声之外。在拐角处，一股清冽甘泉从细竹管中流出，再深深地进入“蹲踞”[1]，涓涓细流更加剧了四周的宁静氛围。

这个水流代表生生不息的人生和无常的大千世界。

蹲踞隐藏着图案化的双关语让我莞尔一笑。看起来就像是一枚中国古代铜钱，它的设计简洁中带有聪慧。俯瞰蹲踞，它有着让人眼前一亮的字词。从左侧顺时针方向看到的三个字形是：“矢”，“五”，“隹”；而第四个，也是在底部的字形并没有实质的意义，这却是巧妙的伏笔之一。事实上，蹲踞四方形的开口与这些字形相结合便组成一句特别有意思的汉字：“吾、唯、足、知”。将该文言文转换成白话文即表示“你所拥有的就是你所需要的”。像是一首诗篇的短语，它强调返璞归真的佛教道理。

樱花树在风中摇曳生姿，粉黛花瓣在空中静静漂浮。在龙安寺低调的氛围里，我总能找到静寂、恬淡、专注。

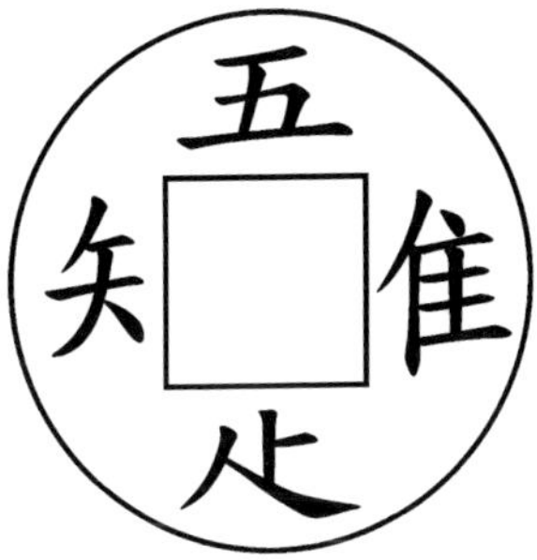

1 蹲踞（*tsukubai*）是茶馆的石水盆。蹲踞，字面翻译为“蹲”因为石水盆的高度低，使用者必须弯腰去使用它，有崇敬和谦卑之意。参见赫布·L. 古斯塔夫森（Herb L.Gustafson）著《日本的园林艺术：设计与营造自己的和平空间》（*The Art of Japanese Gardens: Designing & Making Your Own Peaceful Space*，1999），第78页。

不完美的完美

像其他纽约客一样，我过着忙碌奔波的生活。但是只要有时间可以喘口气，我喜欢坐下来看本书，用我喜欢的陶烧杯享用一杯香浓的拿铁咖啡。这个杯子购于日本一个名叫山中（Yamanaka）的小城，从它些微不完美的外形可以看出手工所留下的技艺，与毫无瑕疵、不带灵魂的大量生产的产品形成强烈的对比。每当使用这个陶烧杯，时空便拉回到当时的山中小城。那位白发苍苍、皱纹爬满脸的工艺家老爷爷发现我对他的新作品感兴趣时，显得有点不好意思又有点欣慰。“真是抱歉，no good, no good。”他认真地用手指着杯上手绘鸟的那只没画好的脚。可我第一眼就爱上了这个杯子的细腻颜色、有机的釉面，以及不完美的形状。于是我用破破的日文回答：“大丈夫です、大丈夫です。”（不打紧，不打紧。）就这样，我们的交易在长达五分钟的鞠躬哈腰和道歉连连中完成。

现在我正拿着这个杯子，喝着拿铁，写下这篇文章，回想起老爷爷那张令人动容的脸……他的皱纹无意间透露出他这一生笑了多少回、眉头皱了多少次、鬼脸扮了多少个。印度智者克里希那穆提（Krishnamurti，1895—1986）认为，每个人的灵魂原本就是一张完美的白纸，但让我们与众不同的是这张纸折了又打开之后所留下来的痕迹。

即兴的
彩色

一天下午，待在纽约的公寓里写稿，外面开始下起滂沱大雨，房间里变得十分阴暗。从黑色的椅子起身，一边打开鸸黄的灯泡，一边从棕色的木窗往外望，我顿时被窗外色彩缤纷的景致给震慑住了。邻居的红砖墙与后院绿树早已被银色的大雨淹没成朦朦胧胧的森绿与酒红，此刻色彩的抽象取代之前的实相。

铿锵有声的雨滴奏出坂本龙一的钢琴音乐。窗户上跳动的色彩是康丁斯基（Wassily Kandinsky, 1866—1944）的调色盘。

原来，“美”就在眼前，常常似乎看到了，领悟了，却记不起来，直到我们先回到生活里，静心找回“观·想”的能力。

多彩的
康丁斯基

在兴奋开怀时，他当然红光满面。

在包豪斯设计学院以形式心理学的新元素完成色彩理论时，他显现鸸黄。

在他以音乐术语来进行艺术创作时，蓝色时而乍现。

在晨光中苏醒过来，他经常看起来苍白中带点粉红。

在他生病或沮丧时，黑色降临。

康丁斯基总能让我捕捉色彩的想象。

KANDINSKY IN COLOR

桂离宫，京都

下鸭神社，京都

龙安寺的枫叶

八坂神社，京都

京都鶴屋
嵯峨
藤本畳店
RAAK
鍵善良房
美濃吉

有关色彩

京都色彩

身处京都的我，总爱将所做之事和色彩一一类比：

沐浴后，穿上熏香的浴衣[1]，是洒满阳光的薰衣草田的紫色。

夜半时分，漫步于建仁寺，是弥漫平静和谐气氛的榛果棕色。

在格构屋顶下等待太阳雨停歇，是渗入虹彩的金黄色。

睡于铺着榻榻米的和室，点着一炷纯净清新的线香，是浸淫在月光下的鼠尾草绿。

在挂单的寺庙中，静坐长廊聆听蝉鸣的我，是缥缈空虚无我的白色。

1 浴衣，日语为“浴衣（ゆかた，*yukata*）”，日本和服的一种，比较简便，基本是棉质。早在安土桃山时代（1573—1603）已流行沐浴后穿着以吸收身体的水分，至江户时代成为大众喜爱的日常衣着，一直流传、演变至今天，颜色和图案越来越多样化。在日式旅馆里，通常会提供浴衣予客人于泡温泉或沐浴后穿着；而夏季期间日本各地区的男女老少都喜欢穿着浴衣参加节庆、祭礼和烟花大会等活动。

hearing a ginkgo leaf
f
a
l
l
i
n
g
DELLA CHUANG CREATIVES DESIGN

听到飘零的银杏叶，在京都

刚刚完成了一项设计工作，所以手头上有些许时间。我如老僧入定般交叉双腿盘坐，闭上眼睛；脱离干扰，意想和感觉，专注聆听每个声音。一开始很难全神贯注，但渐渐地，我开始感觉出那层层重叠的噪音声响。

后院的小鸟叽叽喳喳，啁啾不已。远方汽车传来沙沙的摩擦和呻吟声。儿童在操场上刺耳的呐喊、啼哭与喋喋不休。厨房冰箱沉稳的嗡嗡声。公寓楼梯间发出的冲击且沉重的脚步声。来方不明的打鼾、大笑、碰撞、喇叭声、尖叫声、吱吱作响和口哨声。

二十分钟后，我睁开了双眼。伸展全身，同时听到一个来自脑海里的声音：更多的练习，更长的倾听，我将可听到京都下鸭神社庭院内随风飘零的银杏叶。

扑通一声

老池塘

青蛙跳下水

水之声

——松尾芭蕉

我欣赏松尾芭蕉对美丽大自然的热爱与敏锐度。芭蕉，这位佛教禅宗的法师，毕生致力推广“侘”与“寂”的审美哲学。他的俳句唤起读者整体的感官经验。

为了呼应芭蕉《老池塘》的那一声扑通，我这么写着：

清静，清醒，清凉

冲激，奔涌，乘潮

保持绝佳状态

我的弦外之音，
你听懂了吗？

众所周知，音乐可以直接反映艺术家的“内部元素”并表达其精神价值。在写作上，法国诗人夏尔·波德莱尔（Charles Pierre Baudelaire，1821—1867）认为：“气味、颜色和声音相辅相成。”在绘画上，俄罗斯画家康定斯基则这么说：“色彩直接影响我们的心灵。色彩是键盘，眼睛是琴槌，心灵就是钢琴的琴弦。艺术家是钢琴的手，手指放在键盘上，碰触一个又一个的琴键，让心灵产生悸动。色彩唯有在心灵产生相应的动心时才能达到和谐共鸣。”

如果气味是我们鼻子的音乐，色彩便是我们眼睛的音乐。

如果康定斯基能够巧妙地利用他色彩与听力的通感在画布上创造音乐的笔触与线条，那么，对于一位没有能力看到声音和听到颜色的设计师而言，又该如何将音乐图像化呢？

向来喜欢考验自己，于是我拿起了铅笔开始进行一场音乐的华丽冒险：我画上圆形、三角形、正方形，感觉色彩的笔触踏着平稳、喜悦、饱满而充实的节奏，像合唱团般地唱出强度不一的色调，以和谐的视觉乐章来向康定斯基致敬。亲爱的读者，在你离开之前，且让我问一声：你听懂我的弦外之音了吗？

有关声音

COLOR

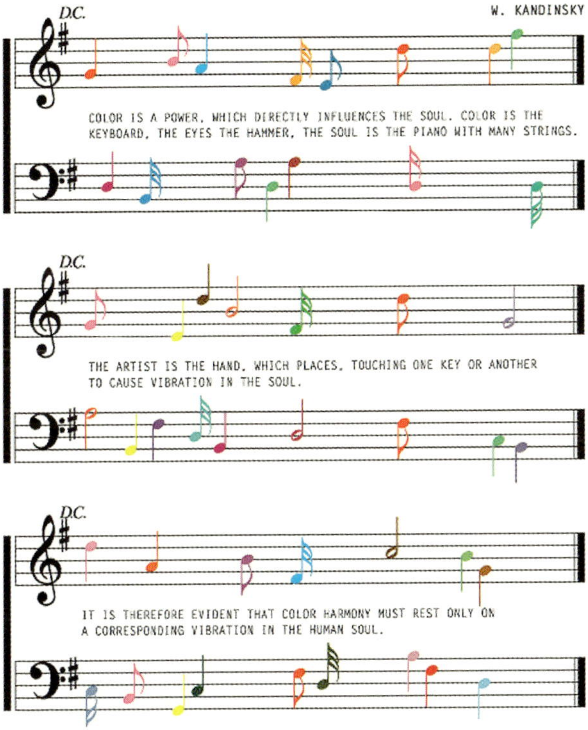
D.C.
W. KANDINSKY
COLOR IS A POWER, WHICH DIRECTLY INFLUENCES THE SOUL. COLOR IS THE KEYBOARD, THE EYES THE HAMMER, THE SOUL IS THE PIANO WITH MANY STRINGS.
D.C.
THE ARTIST IS THE HAND, WHICH PLACES, TOUCHING ONE KEY OR ANOTHER TO CAUSE VIBRATION IN THE SOUL.
D.C.
IT IS THEREFORE EVIDENT THAT COLOR HARMONY MUST REST ONLY ON A CORRESPONDING VIBRATION IN THE HUMAN SOUL.

京都滋味的重要元素

在京料理中最常使用的食材是；

七味唐辛子：用于面食的调味。

麸：小麦面筋制成的一种多用途食材，用作如寿喜烧（牛肉火锅）之类的火锅料理。麸有两种，口感软滑Q弹的生麸是原味，而烤麸则是带有香脆口感的烧烤版生麸。

腐皮（汤叶）：京都著名的产品，是一种昂贵且健康的豆制品。腐皮是煮沸的豆浆表面凝固的薄膜。它是料理的百搭之王，可生吃，或作为火锅与怀石料理的食材。

我们也绝对不可省略豆腐。拥有着文化、寺院、庭园的古老土地，也是长达千年的日本古都，现代京都是一个推崇豆腐的健康城市。豆腐之于京都，就如同比萨饼之于那不勒斯，法棍之于巴黎，贝果之于纽约。几个世纪以来，京都豆腐在佛教僧侣、皇家厨房、商店民家接力传承之下，早已是日本甚至是世界公认的最好品质。

每当旅行京都，我不忘造访老字号“汤叶弥”（Yubaya）。先买上两份“豆乳汤叶”，再看着店内师傅慢工出细活地运行木榫，再熟练巧妙地拉起豆浆上的一层细嫩的薄膜。顿时感觉汤叶稠滑细嫩的触感温润柔软地躺在舌头上。这是京都最不同凡响的地方：将乏善可陈的大豆转换成绝妙佳品，并从中带出它的简单，纯净，与“おいしい”（*oishii*）——好好吃。

New York
DELLA CHUANG CREATIVES DESIGN

Paris

Napoli
DELLA CHIANG CREATIVES DESIGN

Kyoto
DELLA CHIANG CREATIVES DESIGN

一碗茶

当茶叶在8世纪抵达日本时，它被当成是一种药效性强的保健品。

日本佛教临济宗的始祖荣西（Eisai，1141—1215），早在镰仓时代就写了赞扬茶叶药用价值的著作《吃茶养生记》。除了从中国引进茶树栽培外，荣西更大力赞颂喝茶的好处，强调它可以调理五脏六腑的重要性。他写道，肝主酸味，肺主辛味，心主苦味，脾主甘味，肾主咸味。

由于心脏是人体最主要的器官，荣西因此建议每个人都需要喝茶，因为茶叶提供了心脏所喜欢的“苦”味。他认为：“喝茶可以储存能量和饱足精神。”

日本人喝茶，不仅因为它具有药用价值，也因为它是审美体验的一部分。他们喝茶，是因为吟诗助兴，也可能是因为他们听到萤火虫在黑夜里飞行或悲蝉哀鸣将尽的夏天。日本人喜欢烘焙茶叶的清香与捣茶的碰撞声。因此，品茗在文化生活素质的培养和口感风味的满足上占了重要的一席之地。

除了作为古代日本的首都，京都也是日本佛教所有重要流派的中心，并因而助长了饮茶及茶会的文化。今天的京都，部分的茶馆和寺院为游客提供日本茶道的感官体验，在茶道仪式中，主人准备抹茶，经由点茶、煮茶、冲茶、献茶的程序服务客人。

我嗜茶如命。来到京都，我经常拜访靠近京都御所（又名京都皇宫）一家名叫“御所之家”的小茶店寻找极品的京都茶。茶店主人总喜欢站在一排两英尺高的木头茶柜前笑脸迎客。他知道我特爱香味浓郁的绿茶，经常从茶柜里舀出烟熏味浓厚的“入谷番茶”和带有坚果风味的焙茶，捧着茶叶，诚恳地邀请我品闻茶香。

现在身处冬季寒冷的瑞士，喝一碗茶不再只是远离医生的妙方，茶的味觉记忆让我联想起京都茶商那间混合京都茶与烟熏炭火香的传统京町家[1]。

1　京町家：京都传统的木造排屋。

选自16世纪室町时代（1336—1573）出版的《七十一番职人歌合》画册，第二十四图

右：开放式的卖抹茶小摊（日文画题："一服一銭"）；左：叫卖煎茶饮品的小贩（日文画题："煎じ物売"）

季节的
甜味

江户时代中期之后，白糖的普及带动日本甜食的发展。

特别是京都人开始创作一种精致细腻和优雅绝伦的甜食，人称“京果子”（*kyo-gashi*）[1]。京果子出类拔萃的发展取决于下列几个原因：一是京都御所的存在，二是有许多的神社和寺院，三是茶道的繁荣。因此，尽管西风东进，日本甜食可以不在西式甜点的强烈影响下，继续风靡日本并且能够独特地保持这个令京都成为优雅形象与质感的传奇。

就像许多日本的艺术，京果子的创作攸关简约、奉献和完美。新款京果子的设计需要大量的时间和精力。首先，在纸上反复勾画甜点以求设计、颜色和形状的和谐。然后去芜存菁只保留基本的颜色和形状。精美的“和果子”（*wa-gashi*）[2]设计着重简洁、优雅、传统。和果子的创作者必须要有广泛的知识和对日本文化，尤其是在诗歌和茶道方面的通彻了解。因为京果子的创作抽象，所以比其他日本甜食更特别。对日本人来说，京果子可以唤起人的敏锐性和想象力。

是什么原因让京果子如此令人着迷呢？每种京果子都拥有听起来优雅舒逸的名字，而这些名字通常与季节有关。光是听到它们的名字就足以刺激我们的大脑去想象美丽的大自然。

和果子只存在于创作者和欣赏者之间的相对呼应。一年夏季，我造访京都的“鹤屋吉信”[3]，该店京果子的工艺精巧，有一股幸福满足的气味。甜点师父首先将红豆糊捏成小圆球并上了早春叶绿的色彩，然后放了几个小红豆在粉红色的面团上。接下来，他铺了一层透明的葛粉，好让整个甜点看似闪亮的春天。对我来说，师父手指捏拿京果子的节奏，就像是樱花花瓣随风飘零在空中……

在此给您一个小小的建议：如果有机会到京都一游，记得亲身体验京果子甜美世界里的优雅、简约和富有节庆性的艺术。

作者的京果子创作

1 京果子，日语“京菓子”（きょうがし），传统京都糖果糕点的统称，历史上曾主要作为宫廷、贵族、寺庙、茶人等在节庆活动或祭祀仪式中供奉或食用的糕点。

2 和果子，日语“和菓子”（わがし），传统日式糖果糕点的总称。

3 鹤屋吉信，创业于1803年的京果子老铺。地址：京都市上京区今出川通堀川西入。www.turuya.co.jp

夏雨
睡蓮
踏青
春池
蝶飛
18.07.2013

雨滴前奏曲

京都的夏天是最美丽的雨季。

下雨天，我喜欢在大原的乡间散步，仔细聆听珠玉落盘般清脆的雨声啪啪地打在宁静的池塘，闻闻树汁与菊花混合的雨气，看看寺院庭园内呈现荡气回肠之姿的苔藓石径，感觉光莹晶透的雨滴划过我的手指。

雨滴清凉的触感也是我回忆城市生活气味的前奏曲：

里斯本的气味像风中摇曳的橄榄树和碧波滚滚的太平洋；

赫尔辛基的气味像云层变化多端的蓝天和穿透桦树树叶灿烂的阳光；

都柏林的气味像深浅不一的绿色三叶草和烤麦芽；

巴黎的气味像一只装着多彩马卡龙甜点的红丝绒礼盒；

河内的气味像翠绿的稻田里光和影在捉迷藏；

科西嘉岛的气味像注入迷迭香蜂蜜的无花果酱；

苏黎世的气味像浓雾浸湿的白蜡树林；

还有，还有……

搔得脑袋
好过瘾

我喜欢书本的气味，新书或旧书无所谓。

我喜欢把书本堆在一起，好让纸张与墨水独特的味道弥漫满屋；我喜欢把鼻子贴近书页当中，好似用闻的就可以记起书里头所有的故事；我喜欢那用大拇指快速翻阅书本的触感，好让声音替我阅读。一个人独坐在台灯旁，面前搁着一本翻开的书，啜饮着京都一保堂茶铺[1]的烤绿茶，这种乐趣像是百日不歇，久久不散的香味。

无论是现在或将来，我永远是一个爱书者。因此我不禁莞尔一笑当我发现自己的藏书与意大利作家卡尔维诺（Italo Calvino，1923—1985）在他的《如果在冬夜，一个旅人》书中所描述的书籍种类大致吻合：

· 还没有读过的书籍

· 不必阅读的书籍

· 除了阅读，还有其他目的性的书籍

· 那些不需要打开封面便知道内容的书籍

· 如果有一个以上的生命就阅读，但不幸的是日子已经屈指可数的书籍

· 想阅读，但还有其他的书籍你必须先过目

· 现在书太贵了，要等到出清存货时才购买

· 同上，会等到书籍出了平装本才购买

· 可以向他人借阅的书籍

· 因为每个人都读过，所以误认自己也读过的书籍

· 多年来早想阅读的书籍

· 多年来一直购买不成的书籍

· 与目前工作生活有关的书籍

· 放在身边以备不时之需的书籍

· 可以等到放暑假再阅读的书籍

· 需要与其他书籍并列在书架上的书籍

· 突然因好奇心驱使而莫名其妙购买的书籍

· 一直假装已读过，但现在正是坐下来好好读懂它们的时候

读书给我一种像是母亲抚摸我们的头发，唱歌哄我们睡觉的温柔。被“书的黄金屋”环抱的触感，的确让我的脑袋搔得好过瘾呀！

1 “一保堂”（Ippodo）茶铺，创业于江户时代享保2年（1717）专门售卖日本茶叶、茶具的老店，并开设有吃茶室“嘉木”及“日本茶冲泡方式教室”。http://www.ippodo-tea.co.jp（日文）或www.ippodo-tea.co.jp/en/（英文）

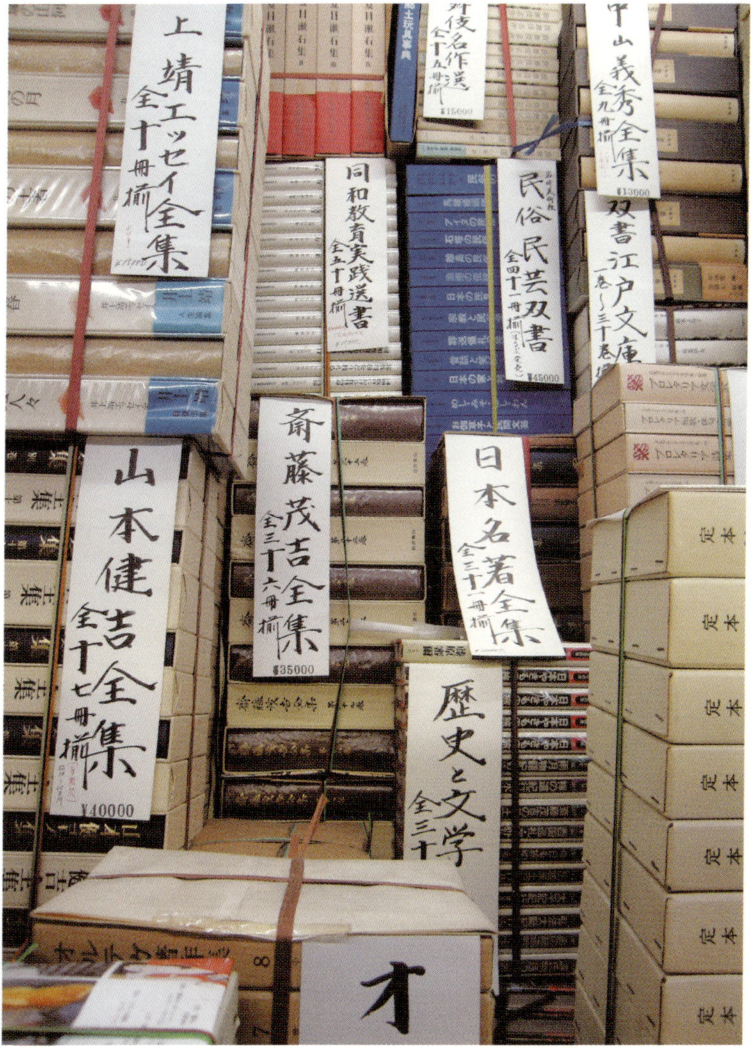
上靖エッセイ全集
全十冊揃
舞伎名作選
全十五冊揃
¥15000
中山義秀全集
全九冊揃
¥13000
同和教育実践選書
全五十冊揃
民俗民芸双書
全四十一冊揃
¥45000
双書江戸文庫
一巻～三十巻揃
斎藤茂吉全集
全三十六冊揃
¥35000
日本名著全集
全三十一冊揃
山本健吉全集
全十七冊揃
¥40000
歴史と文学
全三十
定本

听香

如果香水能够召唤我的情绪，那么熏香便能洗涤我的身心。

在家里，我喜欢点上一根京都松荣堂的正觉线香，让那朦胧的沉香在空中吟咏纷飞。如同举行一场香道[1]（香的仪式），我“聆听”它的香味……

宁静
香味
默默地
流连
深山云朵。

远处钟声响起。

1　香道，以“闻香”（聞香，*monkou*）和“识香”（組香，*kumikou*）为要素的日本传统品香文化，可以追溯到室町时代。香道被称为“香的艺术”，受到稍前形成的茶道、香木品鉴的风俗以及佛教禅宗的影响极大。

味道

我们念着彼此，不在一起的时候，会想起对方的味道。

我不在的时候，他怀念我头发的味道。

没有他陪在身边，我喜欢闻他躺过的枕头。

Bjoern，我爱你。你知道的，我从来就不觉得你只是一只泰迪熊……

这不是
玫瑰

美国历史学家爱丽丝·莫尔斯·厄尔（Alice Morse Earle, 1851—1911）写道："最甜蜜的玫瑰香味乃是王者之香，它是不可抗拒的，迷人的，让人意乱神迷到离不开它。我向来认为玫瑰拥有其他花朵所没有的诱惑特质……"由这个观点出发，一些香水专家声称，玫瑰香水是一个可以启动浪漫的神秘气氛和精神状态的催化剂。

虽然"玫瑰"与"香水"这两个名词就像手与手套一样合称，但如果能在"天长地久"与"曾经拥有"之间选择嗅闻玫瑰的方式，我倒宁愿在大自然底下咏叹玫瑰稍纵即逝的美丽香味。不过，这只是个人的气味偏见，因为气味是私密的，它勾起我们的记忆，而费洛蒙（pheromone）也可以透过"第六感官"犁鼻器[1]让我们不知不觉地决定了对某人的爱恨情仇。

生活中的气味如影随形，因此每一个人的脑海里都有一张"气味地图"，每一个驿站都有一段故事，默默地从鼻腔中进入大脑皮质，再灵动地如笔触般挥洒一幅栩栩如生的回忆……

话说在纽约苏活区的某个晚上，我一边喝着香槟一边与艺术家伙伴在画廊里欣赏着艺术品，鼻子突然闻到一股似曾相识的玫瑰香味，辛辣得像一股彻骨的寒意，从尾椎顺着脊椎蔓延而上。我马上屏住气息离开现场，害怕那气味勾起一段不完美的记忆，再度牵引出当时对爱情的恐惧。

因此，玫瑰不因雨水的洗涤而褪色，但它却在我的嗅觉记忆中失去了该有的芬芳。比利时超现实主义画家勒内·马格利特（René Magritte，1898—1967）的作品喜欢挑战观察者对事实的预设心态，为了回应他所缔造的矛盾情境，我设计了这张海报。凝视眼前的玫瑰的姿态，你觉得它是……

这朵玫瑰可不是玫瑰，因为它不带香味。

1　哺乳类的犁鼻器亦称为附属嗅觉系统最终器官，科学家发现下视丘（情感表达中枢）在费洛蒙神奇运作过程中扮演极重要角色，可接收来自犁鼻器化学反应，从而引发适当的情感或反应。人类的犁鼻器开口约宽0.1至0.2毫米，通常要用放大镜才看得到，但有时肉眼也可看见。

This is not a rose.
DC 2012

“谁袖”：谁的衣裳？

出生于日本平安朝的宫廷仕女清少纳言是一位作家，她在日记《枕草子》里记载了生活的点点滴滴。她写道：

> “刻意熏染过香料的衣服，经历昨日、前日，到今日取来穿着在身上，竟然还有余香残留其中，较诸刚刚熏染者尤为佳妙。”[1]

蕴藏在清少纳言笔下的高雅与感性，散发出一种诱人的魅力。透过她的文字，我想象着一位日本仕女虽然刚刚起身离房，但她和服袖口所飘散的香气，却挑起了优雅的风情。

“谁袖”（たがそで）的意思是“谁的衣裳？”是一种以描绘垂挂在木架上的和服为创作，常常在日本绘画中出现的主题。图画中虽然“不见其人（仕女），只见其物（衣裳）”，但在“睹物思人”的情境发酵下，这样的创作手法却比描绘实体更引人遐思。

女人与香味彼此激荡，互相共鸣，迸发出一种独特的香水艺术。虽然国情不同，但东西方不约而同地以有点暧昧却带点明确的词语来表达女人香的艺术情境，就像是法文的"Je ne sais quoi"（说不上是什么），或日文里的"谁袖"。

1　引自清少纳言著、林文月译《枕草子》（中文繁体字版），台北：洪范书店，2000年。

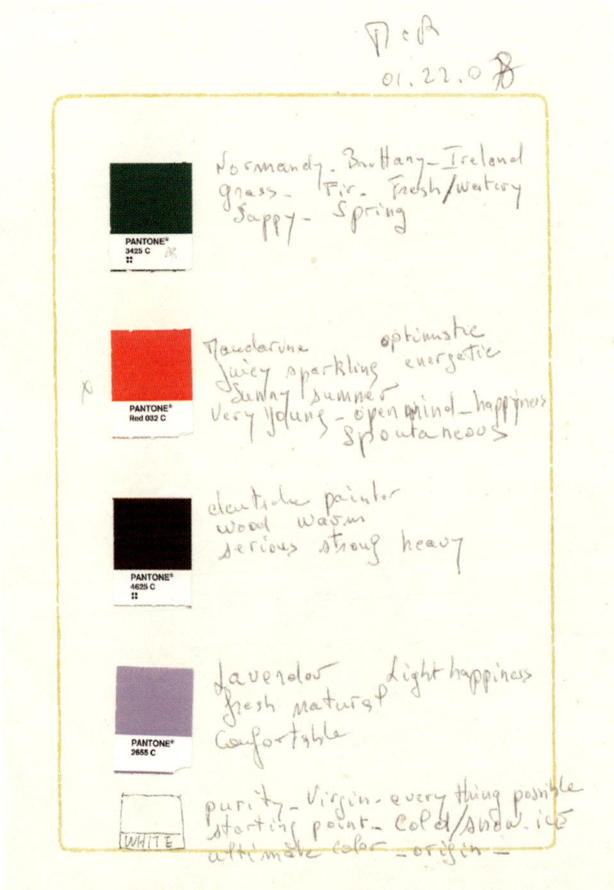

调香师莫里斯·鲁塞尔对色彩的嗅觉演绎

色彩的
气味

紫式部在《源氏物语》中提到："不知为何，没有色彩的美似乎是属于另一个世界的。"我感同身受。事实上，我有一个挥之不去的梦魇——发现自己置身于鲜红罂粟花盛开绽放的法国南部，相机里却只有Ilford（依尔福）的黑白底片。尽管如此，我个人还是偏爱黑白摄影，因为黑白摄影最能表现一幕景、一个人、一件物品，或是一片景观去芜存菁的美感。黑白照片呈现心灵所见，而非眼睛所视。光钻研美国摄影师安塞尔·亚当斯（Ansel Adams，1902—1984）的黑白摄影作品，就能让人大为赞叹这个媒介所能捕捉的深度与广度。

包括我在内，许多人都认为黑白摄影能更忠实地呈现某一瞬间的感觉，这情况就如同原著比翻拍电影更加精彩一样。我不是质疑色彩的地位，因为它确实很重要，尤其是在这个以新奇、闪亮和多彩挂帅的年代里。

在传达观点与含义上，彩色与黑白照片并不相同。最显著的差异是，彩色似乎更"写实"，因为它把所见到的景象复制下来，黑白则传达着抽象的概念。

色彩掳获了眼睛，刺激着感官。俄罗斯画家、艺术理论家康丁斯基在《艺术中的精神》（*Concerning the Spiritual in Art*）中提到：

> 红色，淡淡的暖红色，代表活力、闪亮、精神饱满、愉悦，而且秉持自信，迈向目标。
>
> 绿色，代表安静、平和，但是蕴含着神秘的能量。
>
> 棕色，代表单调、坚固与约束。
>
> 紫罗兰色，代表病态、极度伤悲。
>
> 橘色，代表灿烂、健康、严肃。
>
> 白色，不是死寂，而是孕育着希望。

有些拥有丰富想象力的人在看到橘黄色的时候，就会闻到柑橘类香味的味道，反之亦然。来自法国格拉斯（Grasse）[1]的调香师，莫里斯·鲁塞尔，对于颜色的味道，也有一番自己的阐述：

（黑与白）

死亡

圣洁的顶上光环

精神上的，知性的

——熏香

深灰色背景

——木质调弗吉尼亚雪松+广藿香+苔藓

——来自香水花（又名天芥菜）的白色呼唤……

——内向的人

（彩色）

外向的人

火

香料，甘椒，丁香

——红莓果

——红木，桃花心木

广藿香

檀香木

弗吉尼亚雪松

大西洋雪松

——大马士革玫瑰

1 从18世纪末以来，格拉斯的香水工业就极其兴盛。格拉斯是法国香水工业的中心，也以世界香水之都而知名。许多“闻香鼻”都曾在此接受训练或度过时光。格拉斯生产了法国三分之二以上的天然香料（用于香水或食品添加）。该产业一年营业额超过六亿欧元。（引自“维基百科”）

莫里斯·鲁塞尔先生
笔下的Della

好奇会害死一只猫，而且，真的有好几次差点害死我……

当我得知，法国诗人兰波（Arthur Rimbaud，1854—1891）认为香水不是黑色（《醉舟》，*Le Bateau Ivre*）就是红色（《大都会》，*Metropolitan*）之后，我心中就一直疑惑着，调香师是否能依样画葫芦，将人的味道与颜色联想到一起？

那，我会是什么颜色呢？

想必好奇的猫实在是太多虑了。在采访调香大师莫里斯·鲁塞尔先生的过程中，他那谦谦君子、耐心十足的翩翩风度，让我在松懈的精神状态下，不经意脱口而出："鲁塞尔先生，我只是好奇地想知道：我的味道在你眼中是什么样子呢？"

当我胆战心惊地动笔写这篇文章时，脑中还在猜想着鲁塞尔先生当时是如何看待这个幼时家教不甚良好的访问者。不过，好奇的猫那一天很幸运，鲁塞尔先生爽快地答应写下属于我的香水配方：

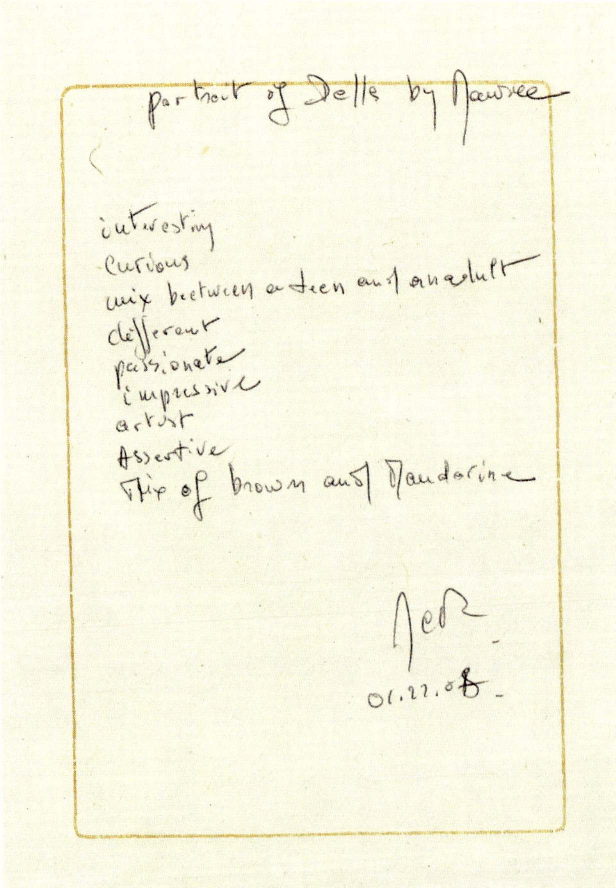

portrait of Delle by Maurice

interesting
curious
mix between a teen and an adult
different
passionate
impressive
artist
Assertive
Mix of brown and Mandarine

01.22.08

调香师莫里斯·鲁塞尔即兴感知作者个性的调香手稿

有趣的

好奇的

青少年和成人的混合体

与众不同的

热情的

令人印象深刻的

艺术的

肯定的

棕色和橘色的混合

前味
- 柑橘油
- 罗望子
- 黑醋栗

中味
- 忍冬
- 雪松 / 龙涎酮（Iso E Super）

后味
- 橡苔
- 广藿香
- 香草
- 熏草豆
- 甘草

凭空想象的记忆

我有三种记忆：一、依稀记得的；二、铭记在心的；三、凭空想象却记忆犹存的。

第一种：

不记得什么时候踏出我人生的第一步。

早晨醒来时，不记得自己先穿哪一只袜子。

第二种：

记得我喜欢的男孩给的初吻。

不喜欢去想起是怎么和他分手的。

第三种：

有人故意惹毛我时，我喜欢把他们想象成尚未完全进化的猿人。

斯坦利·库布里克（Stanley Kubrick，1928—1999）是20世纪最伟大的电影导演之一，他把凭空想象的能力发挥到了极致，创造出他最负盛名、最具影响力的电影——《2001：太空漫游》（*2001: A Space Odyssey*）。

1968年，记者要求库布里克对于这部形而上学的电影做评论，当时他回答："这部电影只能意会不能言传。它要表达的是一个非语言的经验……也就是说，我想要创造出一种跳脱文字既有框架，以感性为哲理角度去切入下意识的视觉经验。"

从艺术的角度而言，这部电影不但是艺术电影的先锋，更让接下来许多延续其风格的特效电影在票房上大放异彩。在这部电影的创作过程中，未来世界所用的特殊器具和日常用品都必须经由专业人士加以指导。《2001：太空漫游》的共同剧作家、小说家亚瑟·克拉克（Arthur C. Clarke，1917—2008）爵士曾断言："即便创意有待改进，但可以预期不久的将来，工程师会以《2001：太空漫游》为蓝本，设计出真正的太空船。"

库布里克的天马行空不但丰富了电影拍摄的创意过程，也让当代观众及影评家为之赞叹。爱尔兰知名剧作家萧伯纳（George Bernard Shaw，1856—1950）就说：“一般人是眼见为凭后，再问‘为什么？’我则是凭空想象，然后说：‘有何不可？’问题有时候比答案更重要，对创意人来说更是如此。”

作者在真实与梦境之间显影京都的视觉记忆：定格、跳切、闪回、重叠，想象未知的无限空间。

MY
DREAM
IN
KYOTO

有关记忆

芬芳的记忆

我喜欢他从花园摘了朵嫣红山茶花给我的时候，喜欢他用老式唱机播放闽南语或日本歌谣的时候，喜欢他骑脚踏车带我出去闲晃兜风的时候，喜欢他用芒果核为我做发条玩具的时候。看完医生以后，我喜欢他买刚刚出炉热烘烘的葡萄干面包给我，让我不再号啕大哭。我喜欢坐在他的大腿上，听着他与朋友的闲话家常。还是个小女孩的时候，我喜欢嚷着要他扮马给我骑，或是赖在他身边，闻闻他身上的味道，碰碰他上了发蜡的黑发。

而我最最喜欢的，是在他拿着毛笔写书法时坐在他旁边，满心崇拜地看着他，好几次的午后黄昏，他盘腿坐在榻榻米上，靠着矮桌练习书法，我则正襟危坐地在旁磨墨，当一个恪尽职守的小书僮。每当他写完一张宣纸，我就会立刻替他换上新的。我们是一对缺一不可、合作无间的好拍档。跟他那么亲近，就连那独特刺鼻的墨汁味也让我舒畅开怀。

多年后某个温柔的夜晚，在京都某间餐厅的木板阳台上独酌的我，欣赏着遥远天边那一轮明月和点点繁星。当我的目光冷不防地飘向清酒瓶上的标签，那优美的毛笔书法让我陡然间闻到一股渴望的味道。就在这味道潜入我的嗅觉记忆、缓缓绽放的那一刹那，父亲毛笔字迹所散发的芬芳，立即弥漫空中。

人生的前八年，我们一起度过许多美好的时光。我深爱着他，也唯有隐含着父亲的芬芳记忆，才能重新唤起这些幸福的往日时光。

《香》，书法家佚名

八岁的瑞士女孩卡罗琳（Caroline Fleury）
用蜡笔画出当时只见过两次面的作者

视觉的
记忆

Della：“鲁塞尔先生，您还留着胡子吗？”

Roucel：“没有，我在1999年就刮掉了。”

莫里斯·鲁塞尔是当今世界最受推崇的调香师之一，我无论如何都得想办法和他见上一面。从网络上搜寻他的相关资料，照片中的莫里斯·鲁塞尔留着一嘴浓密的翘胡子，活像是推理小说家阿加莎·克里斯蒂（Agatha Christie，1890—1976）笔下的大侦探赫尔克里·波洛（Hercule Poirot）。也因为这样，当我通过电子邮件首次向他邀访，专业上应有的礼节终究不敌天真的好奇心。

即使现在他的胡子刮干净了，照片里那一把鲜明的胡子仍深植我心。身为一位设计师，我的思考通常借力于视觉而非文字。即便目睹了本尊的风采，我还是把“莫里斯·鲁塞尔”与他那把可观的“胡子”联想在一起，恐怕将来也会是如此。

我对莫里斯·鲁塞尔胡子的烙印，让我回想起俄裔美籍作家纳博科夫（Vladimir Nabokov，1899—1977）在《洛丽塔》（*Lolita*）里所写的："……视觉记忆有两种，一种是当你张开双眼时，大脑里驾轻就熟创造出来的影像……另一种则是当你紧闭双眼后，在眼底黑暗深处所迸发，那全然真切的光影复制品。"

视觉想象是脑内绘图系统。英格兰作家斯蒂芬·斯彭德（Stephen Spender, 1909—1995）爵士把诗比喻为一张让人一目了然的面孔。贝多芬倾听着弦乐器，斟酌着管乐器，以想象力来作曲。而我则有一个古怪的习惯，喜欢用想象中的手指头勾勒香水瓶，描绘香水展示架，或设计包包图样——这种时候，我的手指往往在空中微微动着。

我没有什么天分，只有热烈的好奇心。为了要揭开莫里斯·鲁塞尔胡子消失的秘密，我坚持再问他一个问题。

Della："鲁塞尔先生，我实在很想问一个非常奇怪的问题。您为什么要刮掉胡子呢？"

Roucel：“每个女人都在猜是不是因为某个女人的关系，其实不是的。1999年，我从法国搬到美国，这次搬迁是我目前为止的人生中最重大的改变，代表了我离开家人、孩子、父母、巴黎，还有朋友。我就这样拎着一个大行李，落脚在一个临时租住的公寓里。那是我全新生活的开始，所以我决定把留了二十年的胡子刮掉，以全新的面孔在纽约过一种崭新的生活。我抓起一把剪刀，剪下第一刀，你可以想象那有多难下手。亲爱的，这就是我的胡子的故事。”

京都
诗人

小孩就是诗人。通过他们明亮的眼睛，世界充满了生命力并且住着各式各样美丽有趣的精灵。

儿童图画也是童年生活诗意的记录。美穗，七岁的京都小女孩，给我看她用彩色铅笔画的图。从她漫画风格的图画中，京都的生活故事是这样展开的：

小美穗：我们走吧。伙伴们。

中间俯身池塘旁的男孩：啊！是锦鲤耶。他们是朋友吗？

右边刚刚从自行车跌下的男孩：哇！好痛喔！

左侧的锦鲤：等—等—我—啦。

右边的锦鲤：这里，在这里。

西班牙画家毕加索（Pablo Picasso，1881—1973）说："每一个孩子就是一位艺术家。但要长大以后还能保持着艺术家的风格却是难上加难。"也因此，我暗暗地祈祷自己如果有幸能活到百岁，那么希望老态龙钟的身躯里还是住着一个小孩：她相信生命的奇迹与生活的魅力，惊叹不可知的未来与渴望满足自己的好奇心，仍然梦想并以孩童般纯真的眼光来看待这个世界……

あっこいだ〜。
まって〜。
こっちこっち

2

记忆京都

我何其幸运，能够品赏京都的各种味道，与六位京都艺术家“一期一会”。语言的障碍不能阻隔心灵的沟通，好奇心可以让想象力穿梭时空。在这一章，我以艺术家们作为第一人称贯串故事，他们的洞见、各自心中的京都与我的解读和京都印象相互交织，一半意会，一半写实。闭上眼睛，千年古都的温润气息沁入身体，我还记得……

町屋[1]的记忆

古老的寺庙与远近驰名的庭园
也许能为古都的纯净灵魂定下注解，
但木造町屋那经岁月渲染过的幽暗门面，
才是古都的精髓所在。

1 町屋是遍及于日本各地的传统木造城镇住宅，在历史古都京都尤具代表性。

我是
辻村久信，建筑师

京都的木造町屋是手工艺师傅与商家成家立业的根基。但这些临街的开放式店面却一家接一家逐渐消失。值得庆幸的是，为了保护京都的旧城区，政府厘定了更严格的建筑法规。

京都是我的家园，我的城市。在我的五感经验里，京都是紫色的（像京都SANGA足球队［KYOTO SANGA F.C.］的颜色）；京都散发出钓樟的香味；京都满载我童年光阴里的节庆、典礼以及“地藏盆”[1]。京都是座古城，却也是个都会生活循序渐进、照常运作的城市；京都新旧融合，谱写着娓娓道尽美丽与优雅的和谐乐章；京都居民的脸上如城里的完美建筑一般，洋溢着夺目光彩。对我而言，京都是一座蕴涵新意的古都，永远激发着我的灵感。

1 “地藏盆”是祭祀地藏菩萨的佛事庆典，每年8月24日举行，京都沿途供奉有超过五千尊地藏菩萨雕像，古传地藏菩萨是孩童的守护神，因此“地藏盆”的很多活动都以小孩为中心。

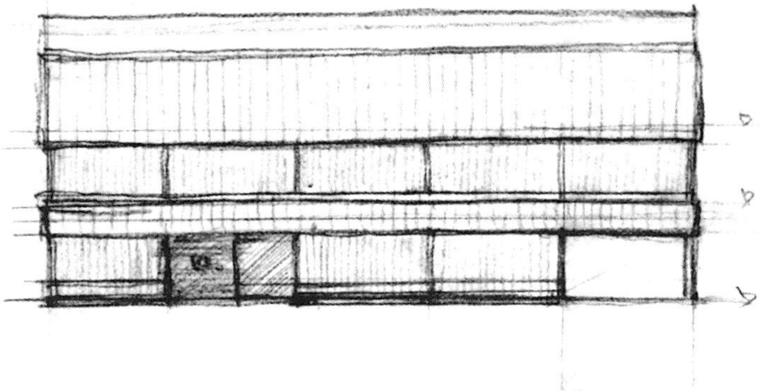

SARA Café 草图，辻村久信绘

SARA Café 草图，辻村久信绘

爱情
& 音乐

我向来对只讲求实用价值的建筑不感兴趣。虽然一般人常常认为，建筑创意应以实用性及经济需求作为主要考量，但对我来说，没有爱情，建筑就不存在。我相信，只有为了表达物品在我们内心所挑起的那份感受，我们才会去描述它们。因此，当Della-*san*问我，我的设计中有什么“不可或缺的元素”，我的设计公司TDO + Moon Balance的设计理念又是什么，我的答案都是——“爱情”。

要有好的设计，爱情不能少，而且还要再多一点。

中文里的“爱情”是指刻骨铭心的浪漫情愫，但这个汉字词汇在日文里的定义却是“爱慕之意”或“抱持好感的关爱”，如疼惜小孩、敬爱朋友、效忠国家与崇拜神明。可以这么说，是人们欣赏我的作品所衍生出来的“爱情”引导着我，让我热爱设计、追求不懈。

设计了纽约现代艺术博物馆（MoMA）新馆的建筑师谷口吉生认为：“建筑基本上就是某种容器。我希望人们不要过度欣赏茶杯，而多多品尝杯里的茶。”

对我来说，茶道艺术意味着建筑精神。在日本的茶道中，聚精会神准备茶饮和心满意足品茗同等重要。因此在工作过程中，我最享受的是在工程竣工后，仔细观察人们在我所营造的空间里，产生怎样因人而异且料想不到的反应。

除了爱情，音乐也迸发我的灵感。

凭借着天马行空的想象力，我们可以把建筑比拟为空间里的乐章。想象力比眼睛能发现更多的事物。Della-*san* 告诉我，她一边听坂本龙一的*Beauty*一边写关于我的文章（谢谢你，Della-*san*）。但对我而言，是莫扎特的音乐律动最能燃烧起我炙热的想象力。莫扎特的魔力俨如一架时光机，来回穿梭于过去与现在之间、传统与未来之中。而经过多年的实践经验，我也逐渐领悟到，建筑必须像音乐般，让心灵与之共鸣。

简洁

不论在日本还是国外，安藤忠雄应该算是目前知名度最高的日本建筑师了。他曾说：“我的信念或许有些高傲。但我认为建筑可以引导人们的生活方式，就算影响程度极为微小。”我个人的浅见则是，建筑的目的在于丰富人类从日常生活中反映的经验。当人们崇拜安藤如雕塑作品般的建筑时，我则尊崇现代日本建筑师中独一无二的古典主义者——吉村顺三（Yoshimura Junzo，1908—1997）。

我同样由衷地佩服工业设计师剑持勇（Kenmochi Isamu，1912—1971）的日本现代主义，赞赏日裔美籍艺术家兼景观建筑师野口勇（Noguchi Isamu，1904—1988）那单纯、独特的创造力。我还崇拜英国科幻小说家、创作家兼未来派主义者亚瑟·克拉克，《2001：太空漫游》是他最出名的小说。

虽然有些人可以让抽象概念变得具体，但唯有对抽象概念了然于胸的人，才能创造无限的想象空间。就建筑而言，我赞成路德维希·密斯·凡·德罗（Ludwig Mies van der Rohe，1886—1969）的主张，“少即是多”（less is more）。单纯的一条线、一束光，就能让我们心情愉悦。我深信简洁的力量。

京都，
我的家乡

当我身处圆通寺，细心观察着眼前令人赞叹的庭园“借景”时；当我待在俵屋旅馆[1]里，眼神停驻在一个符合人体工学设计的木质澡盆上，我回想起二十四岁的某一天清晨，就在刚睡醒的刹那，内心里闪出的“我—要—从—事—设—计”那个念头。但在京都神秘唯美的魔咒下，我对建筑的熊熊热情和对京都的家乡情怀，这两者之间绝对有着密不可分的关系。

1　俵屋旅馆，京都三大老铺旅馆之一，创业于1704年。另参见本书第385页“Della的美学京都地图·味觉地图”中“俵屋旅馆”条目。

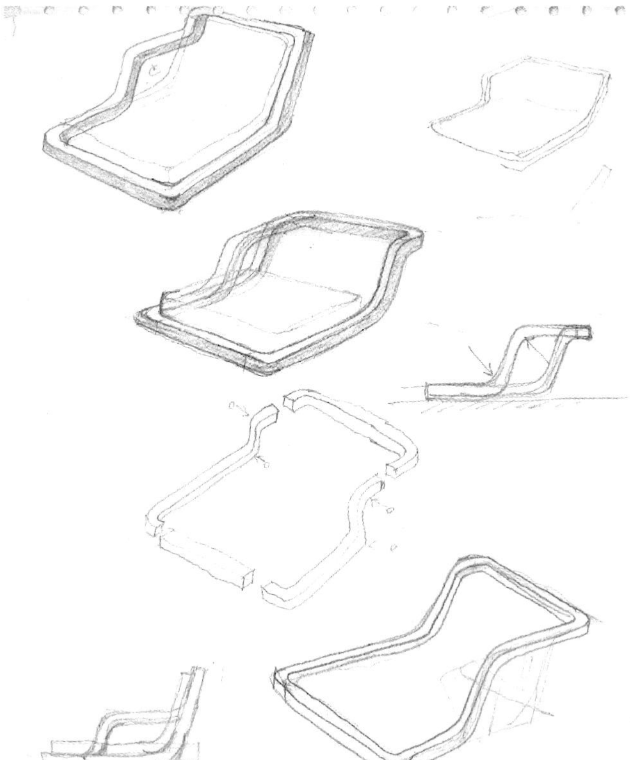

“环”（環，*kan*）是榻榻米上的日式椅子（座椅子，*zaisu*）。在设计上参考了日本人坐在榻榻米上的端正坐姿（正座，*seiza*），以展现坐在榻榻米上所散发的优雅与舒适。

RICORDI（リコルディ），餐厅，1995，京都

从天花板、地板与墙面折射出来的光线，笼罩着整个餐厅，渲染了这个幽暗神秘的室内空间。

NITI，咖啡室和酒吧，2010，京都

位于祇园花见小路东侧。

在这个空间里，一切都被单纯化地添加一份最现代的精华。

MALEBRANCHE（京都高岛屋店），糕饼甜点店，2008，京都

灵感来自谷崎润一郎著作《阴翳礼赞》，试图以光线和空间作为室内设计的主角。光线照明是唯一的诉求语言，空间传达着唯一字汇——“茶之果”（茶の菓，*cha no ka*）。

FAT，品牌服装店，2010，东京

FAT 服装店结合王室元素的室内设计，创造出与空间的神秘对话。

SARA Café（SARA长青之家的咖啡厅），
2008，爱知县商店景观

商店演变为城镇。

城镇的产生并非端赖都市规划师所设计的专业理性模型，而是由趣味、愉快、甘美以及实用的个人观点与确切行动所衍生而成。投注情感的造镇计划总是较自然，且令人心旷神怡。

“商店”吸引人的造访，但“人”才能凝聚更多的人。自然而然地，从一开始商店开张，接二连三带来更多的人潮，城镇因之蔚然成形。从这个周而复始的形势来看，城镇的产生是个自然发生的事件。我们称之为“商店景观”（shop scape）。

YAWATAYA ISOGORO（根元 八幡屋礒五郎），七味辣椒粉店，2008，长野

位于长野市善光寺门前大门町的八幡屋礒五郎本店，以“仓库”作为设计的主题，石造建筑的内部散发着一股现代气息。

店铺的内部是由砂浆、覆盖平瓦的混凝土地板和木板所组合。明亮的灯笼戏剧性地突显三层楼高的店面形象，并且营造宽敞的室内空间。

茶茶Ryu-rey，餐厅，2006，东京

“Ryu-rey”即“立礼式”，是一种点茶方法（お手前，*otemae*），也就是一种递茶的礼仪或说形式。这种形式的茶道，客人是坐在椅子上而非地板上品茗。立礼式是茶道流派“里千家”（Urasennke）第十一代家元在1872年（明治5年）为日本历史上的首个博览会而创，目的是让外国人了解茶道的精髓。

辻村久信（Tsujimura Hisanobu）是TDO + Moon Balance设计公司的建筑师和领导者，在东京与京都皆设有办公室。他也是京都造型艺术大学教授。

关于辻村久信：www.tsujimura-hisanobu.com

地下足袋[1]的记忆

2003年在银阁寺

偶遇此人

不疾不徐地雕砌着沙石。

2007年在银阁寺

不见此人

地下足袋印象依稀犹存。

1　地下足袋（じかたび，*jika-tabi*），日本式的分趾鞋，拇趾和另外四趾分开；主要有建筑工人、农夫、园丁等的户外工作鞋和祭典时神职人员穿着的“祭足袋”两种。

地下足袋的记忆

地下足袋的记忆

我是
若林刚之，设计师

我如此向往京都的大自然。

想独处的时候，我常常在人称“真实森林”（糺の森）[1]的林间参道中漫步，置身位于下鸭神社的这一片枝丫缠绕、浑然天成的树林里，特别让人感到悠然自在。我尤其享受黄昏时刻徐徐拂来的春风，这种微风就像特立独行的禅宗和尚、诗人一休宗纯（Ikkyu Soujun，1394—1481）所描绘的：“信手拨开樱树却不见樱花朵朵，灿烂花海的香味迎面扑鼻而来。”夕阳里的微风洗涤了我一整天下来扛背的深沉空虚，为我添加上一份安详和乐。

从古至今，日本民族向来赞颂自然的美景、四季节奏分明的月亮、灿烂的樱花、河川与森林。受到自然脉动的启发，他们依循生命的四季更迭，开启了冥想与思索，表达着人类经验本质上的大道真理。

1 糺の森（ただすのもり，*tadasu no mori*），京都下鸭神社（贺茂御祖神社的通称）境内的原生态森林，面积约12.4万平方米。

“粹”，日本的审美概念

人类的生活经验模式形成了文化，反映在文化、艺术和大自然上的关键性省思则塑造了审美观。日文读音的“Zen”就是中国的“禅”，这个概念源自中国，在13世纪时于日本扎根。禅宗强调简约、虚无、自然世界的短暂无常，并由此衍生出日本独特的审美观。对日本的审美观念、艺术阐释以及其他文化元素而言，对大自然的欣赏一直是最根本的基础。

然而，歌颂去芜存菁的日本审美观不只包含大自然中的感性外在元素，它也概括了深受大自然影响的人类情绪。日本民族的美学核心观念是万物皆有其生命，理所与之和谐共存。“粹”（いき）表现了日本的传统审美理念，也阐明了与大自然紧密相扣的价值观。

“粹”并非单纯的日本产物。它几乎可以适用在万事万物上，尤其是人的方面。“粹”并不存在于大自然里，但我们却可以在欣赏自然之美中发现它。“粹”可以套用在简单、即兴、直接、临时、浪漫、短暂、原创、精致、低调等等的事物或情况上；也可以形容一个人的行事作风，如：大胆、潇洒、活泼、缄默、感性、不矫揉造作、冷静、平凡、不刻意搔首弄姿、心胸开阔、内敛沉稳。[1]

对我来说，京都俵屋旅馆的老板佐藤年女士是“粋”的最佳代言人。除了佐藤年女士的个人风格令我印象深刻，她的时尚、建筑、生活品位和待客之道更让我受益良多。由京都传统激发创造新的风格，佐藤女士是其中当之无愧的先锋。

1 参考“维基百科”英文版“Iki（aesthetic ideal）”词条的定义。

服装设计草图，若林刚之绘

Hifu

日本心，设计情

二十几岁的时候，我曾经因为对拉尔夫·劳伦设计品牌的痴迷而被叫作“美国男孩”。三十岁后不久，我开始站在日本设计师的角度思索自己追逐西方流行的背后动机。我自问，什么才是“现代”日本风格？如同你，Della-*san*，虽然你在美国接受教育，但你根在亚洲，而不是光以西方的观点来欣赏艺术和文学吧，是不是？

日本与西方的美学系统大相径庭。比如说：

* 在对分长方形时，相较于西方世界里的精确几何数值，日本人会用对角线做等分，而不是用垂直或水平分割。

* 在西方，绘画品质立基于对实体的感受；日本人则以抽象形式描绘从大自然中萃取出来的视觉元素。

* 西方人崇尚永恒不灭之美与包罗万象的内容；日本赞许推崇的却是自然之美与和谐简洁。

身为设计师，我开放地接受所有事物。不过，那些需要聚精会神、超越身心体能极限的事物最能引起我的注意，如书法、茶道、传统手工艺。不朽的日本审美观启发了我的灵感，也让我觉得没有必要再舍本逐末，一味迎合西方美学。有感于唤回日本传统价值的必要，我立意取材传统、推陈出新，创立了“Made in Japan”（日本制造）的品牌——SOU · SOU。

SOU · SOU念起来像英文的“so-so”，却也极度充分地表达出日本的生活形态。在谈话中点着头说着这个字眼，以此维持着友善与和谐的气氛，是非常典型的日本社交礼仪。这个字眼虽然没有传达出“是”的含义，却隐含了“我同意”、“我了解”的意思。

SOU · SOU一直全力以赴地去发现与阐释日本的前卫艺术，还有与这个国家自身传统里的美学文化价值密不可分的根本。无论这设计是为了地下足袋或伊势棉织品，所有SOU · SOU的作品，其审美价值都源于笃信唯有完美的执行，才能臻至完美！

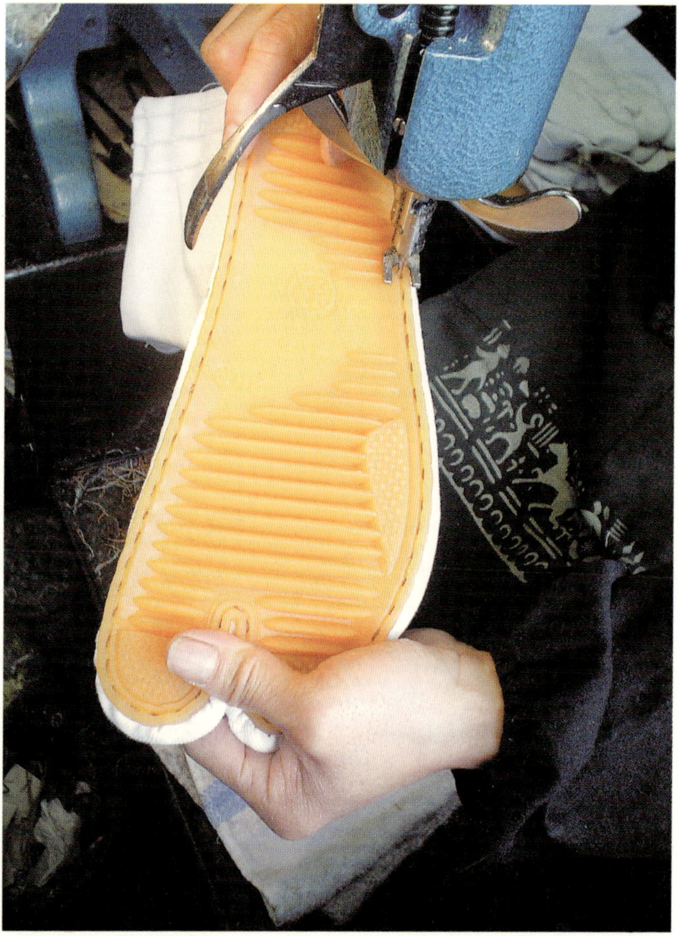

传统
就在当下

走进下鸭神社的庭院，我看见日落余晖渐渐深沉，披挂在鸟居[1]上。即使京都是个拥有超过百万居民的现代都市，在著名的寺庙神社与艺伎意象之下，历史重量和传统力量仍然赋予这个城市的街道一种毋庸置疑的、统一而和谐的氛围。

传统存在于现在，也是我们通往过去的钥匙。

1 鸟居，日文“鳥居”（とりい，*torii*），是传统的日式牌楼，常见于通往神社的入口处。

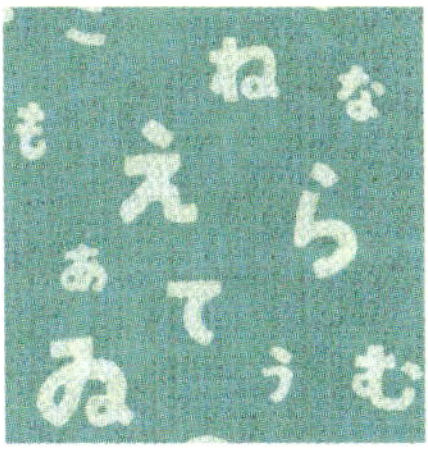
ね な
も
え ら
あ
て
ゐ ぅ む

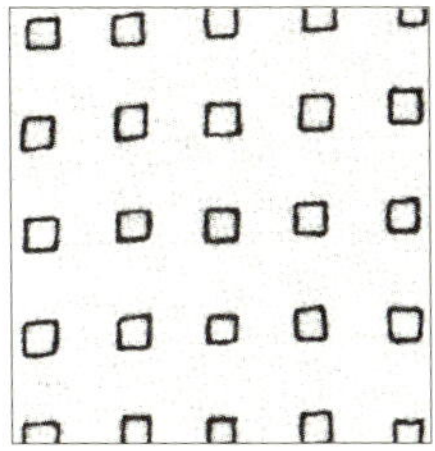

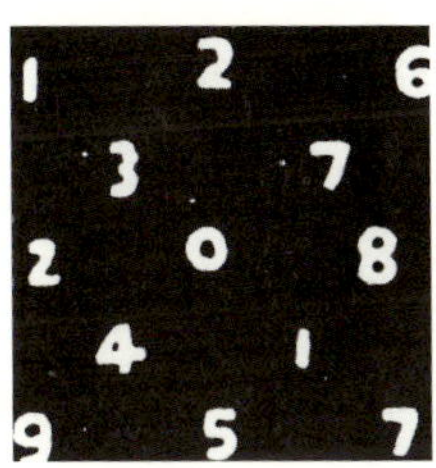
1 2 6
3 7
2 0 8
4 1
9 5 7

商い中
地下足袋配給所

SOU·SOU

若林刚之（Wakabayashi Takeshi）曾于日本Men's Apparel Academy学习制作男士服饰。2002年与纺织品设计师胁阪克二、建筑师辻村久信创办SOU·SOU，目前并任京都造型艺术大学副教授及名古屋艺术大学特任客座教授。

关于SOU·SOU：www.sousou.co.jp

漫画书的
记忆

在龙安寺里

什么都不想，

却偏偏记起

刚刚在日式旅馆内看的

一休和尚漫画。

我是
长井秀文，平面设计师

京都是什么味道？嗯，Della-*san*，这问题很难回答……也许是线香的味道吧？不过我倒是记得当我还小的时候，很喜欢闻书本或杂志上油墨的味道。我会无缘无故跑去书店，为的就是享受新书那种香香的味道，好像只要嗅嗅书、闻闻书，我就会自动变成一位学者似的。哈！我到现在还改不了这个习惯，只要我闻到杂志或我们公司设计的营销文案味道，依然感觉开心和兴奋。

京都对我而言象征着什么呢？这么说吧，即使京都在政治、经济角色上略逊于东京，但它实际上依然保有傲人之处。过往的京都烟云、辉煌的文化、寺庙、庭园、美食、手工艺品。在旧城区里，稳若磐石的京都塔和新潮摩登的水泥建筑相栉比邻，这对京都人来说习以为常，见怪不怪。但即使如此，日式生活的古典气氛犹然续存。

我就像大部分当地人一样，经常光顾拥有三百年悠久历史的一保堂茶铺，享用他们远近驰名的日本绿茶。而拥有两百多年历史的“和果子”老店鹤屋吉信，他们本店的果游茶屋也是我常常出没的地方。所以呢，我在京都最喜欢做的事不是去唱卡拉OK，而是和我Marble. co.设计工作室的同事们，在工作之余品尝煎茶，享用“和果子”和“京果子”。

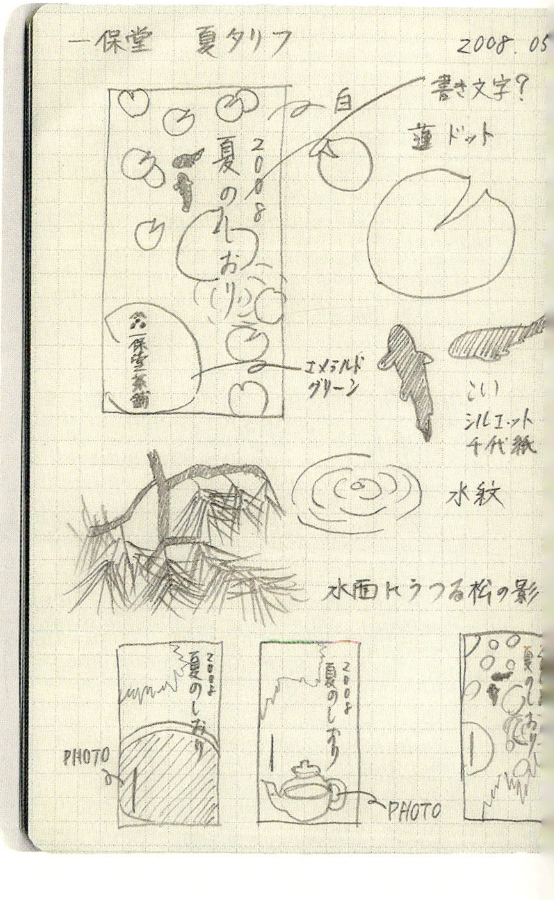
一保堂　夏タリフ
2008.05
書き文字?
白
蓮ドット
2008
夏のしおり
一保堂茶舗
エメラルドグリーン
こい
シルエット
千代紙
水紋
水面にうつる松の影
PHOTO
PHOTO

长井秀文的素描本

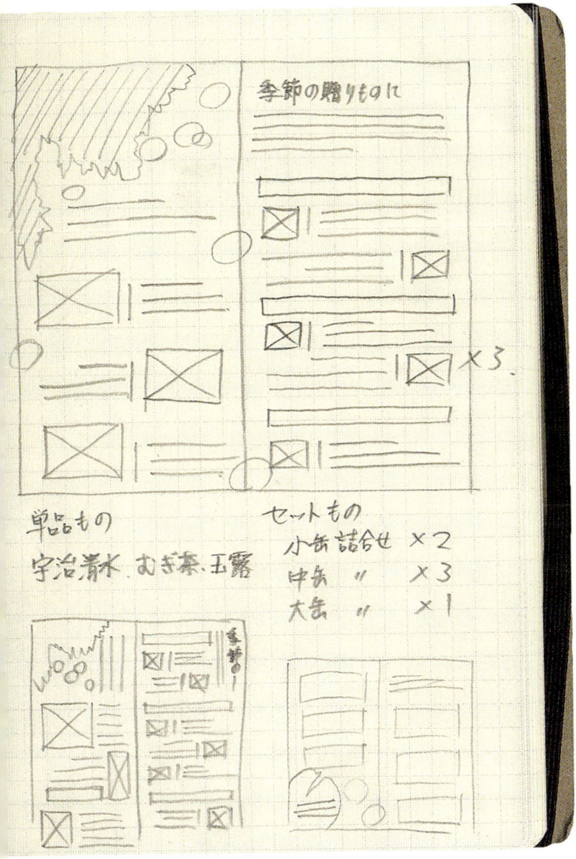
季節の贈りものに
×3.
単品もの
宇治清水、むぎ茶、玉露
セットもの
小缶詰合せ ×2
中缶 〃 ×3
大缶 〃 ×1

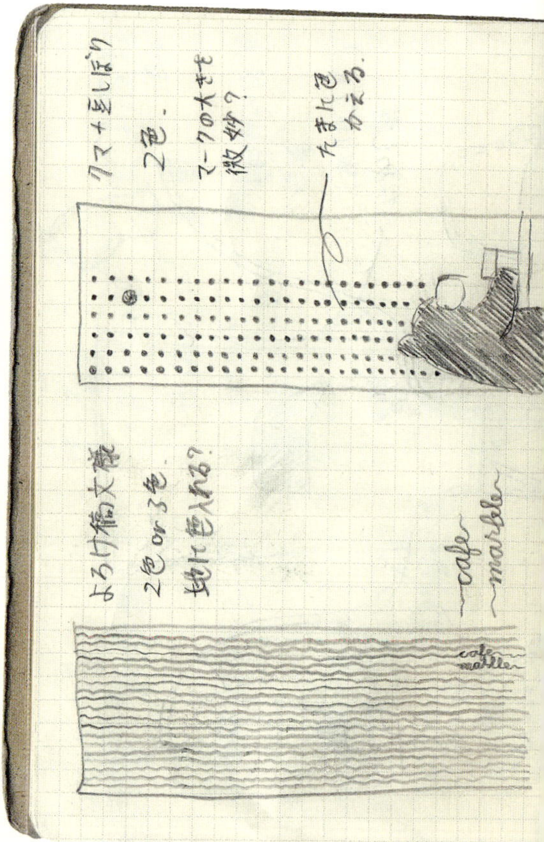
クマ＋豆しぼり
2色。
マークの大きさも
微妙？
それぞれ色
かえる。
よろけ縞文様
2色 or 3色
地に色入れる?
cafe
marble

长井秀文的素描本

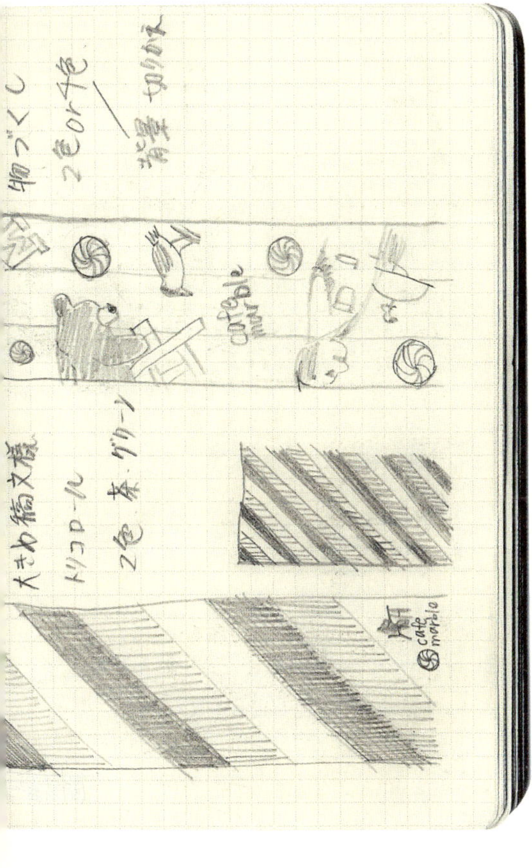

漫画
就是灵感

Della-*san*也喜欢看漫画啊。不过谁是盖瑞·拉尔森（Gary Larson）[1]？不好意思，我没听说过这号人物。不过哆啦A梦，当然有听过啦，每个日本人都知道这个外表滑稽的机器猫嘛！虽然日本其实有相当多优秀的当代小说家，如村上春树和吉本芭娜娜（Yoshimoto Banana，1964— ），但我还是只看这种图像小说——漫画。

日本的漫画艺术源于19世纪。在葛饰北斋的《北斋漫画》里，有令人发噱的动物墨黑素描，也有卡通化的古早人物画，明显地和现代漫画非常相似！而且我应该说明一下，漫画和动画现在已经是普遍的亚洲现象了，不仅仅只在日本而已。世界上的各个角落都出现了优秀的漫画和动画作品，但据我了解，日本仍然是漫画的开山始祖。Della-*san*你看过富樫义博（Togashi Yoshihiro，1964— ）的作品《全职猎人》（*HUNTER×HUNTER*）吗？我认为那是一部非常了不起的漫画。

在日本社会、流行文化与平面设计领域里，漫画的美学品质备受推崇。以其恢弘伟大的创作概念和完美洗练的执行制作，漫画可以呈现出简单却扣人心弦的艺术效果。我将漫画视为一种灵感，因为漫画的特点就是构图简单、风格突出。我相信所有形式的视觉传达都有共通的不二法则——让人一目了然。依我之见，漫画有种“气”，有种“能量”，能吸引更多观众的注意。

1　盖瑞·拉尔森，美国卡通画家。开创了《月亮背面》（*The Far Side*）系列。此单格连载漫画曾在许多报纸上连载。直到1995年1月1日盖瑞·拉尔森退休为止，一共连载了十四年。

活在当下

年近三十的时候，我开了一家平面设计公司；迈入三十岁，我开了一家咖啡店。别人或许会觉得我行事按部就班，总有预先规划。哈，正好相反。我的人生态度是尽情玩味享受每一分钟，并对每一分钟心怀感激。

我对人生有如过眼云烟、稍纵即逝的观念，通过日本作家兼和尚吉田兼好（Yoshida Kenko，1283—1350）所写的243篇短文结集《徒然草》得到透彻的感悟：

> 老死之来也甚速，念念之间不停。等待老死期间有何可乐？惑者不畏老死而溺于名利，不见死期已近故也。[1]

我欣赏的那种轻淡之美也反映在吉田兼好的美学洞察中，他说："对雨恋月，垂帘闭居而不悉春归何处，亦殊富于情趣也。含苞待放之树梢，落花满地之庭园，可观赏之处正多。"[2]为了能深刻感受四季的更迭，我选了一栋京都传统木造町屋作为平面设计公司和咖啡馆的地点，而不是一间时尚感十足的办公大楼。Della-*san*可能不知道，像町屋这样充满思古怀旧的老房子，可是会随着季节而变得极为寒冷或非常炎热的。

1 吉田兼好著《徒然草》，王以铸译，台北：木马文化，2004年。

2 同上。

一次邂逅，
一次机会

在这特别的一天，如果我没有进工作室，如果Della-*san*没有来Café Marble午餐，又如果帮我经营这家咖啡馆的直子没有引荐我们认识，那我也就没办法通过Della-*san*的笔，感谢读者们认识我。“一期一会”—— 一次邂逅，一次机会——表达了在不断流逝的时间中，这短暂的一刻。

此时身处町屋，席坐在榻榻米上的我，试着回想与Della-*san*一起度过的这最短暂的光阴。Della-*san*像云似的造访Marble. co.，却停留不到一个钟头，又如风般赶搭新干线回东京去了。一旦认清到生命的短暂，更让我格外珍惜我们那短短的邂逅。当我们实实在在去细心观察生活匆匆逝去的本质，每一个片刻都变得极度珍贵。

CD 包装设计

洗发水包装设计

DVD 包装设计

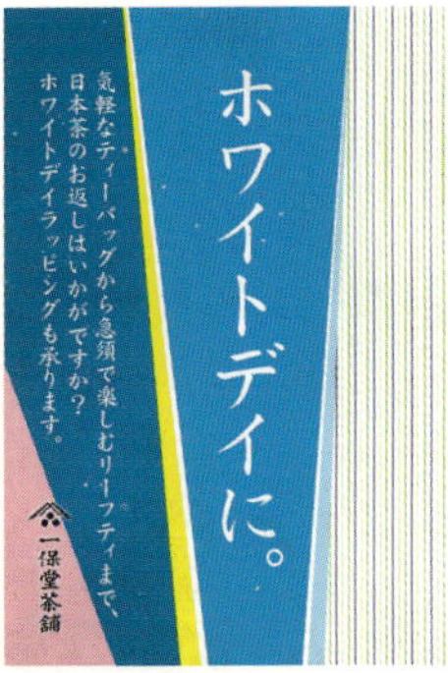
ホワイトデイに。
気軽なティーバッグから急須で楽しむリーフティまで、
日本茶のお返しはいかがですか？
ホワイトデイラッピングも承ります。
一保堂茶舗

バレンタインに
日本茶のプレゼント
なかなか難しいお茶選び、
スタッフまで気軽にどうぞ。
バレンタイン包装承ります。
一保堂茶舗

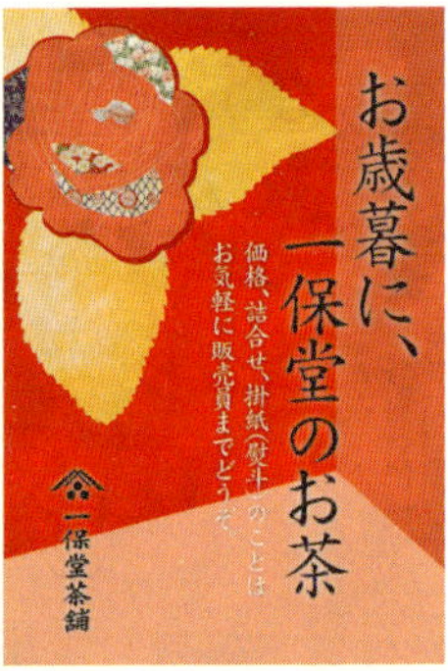
お歳暮に、
一保堂のお茶
価格、詰合せ、掛紙（熨斗）のことは
お気軽に販売員までどうぞ。
一保堂茶舗

一保堂平面设计

一保堂购物袋

MaRBLe

长井秀文（Nagai Hidefumi）是Marble.co的创始人兼首席平面设计师。他曾学习设计和建筑，并拥有京都工艺纤维大学造型工学硕士学位。

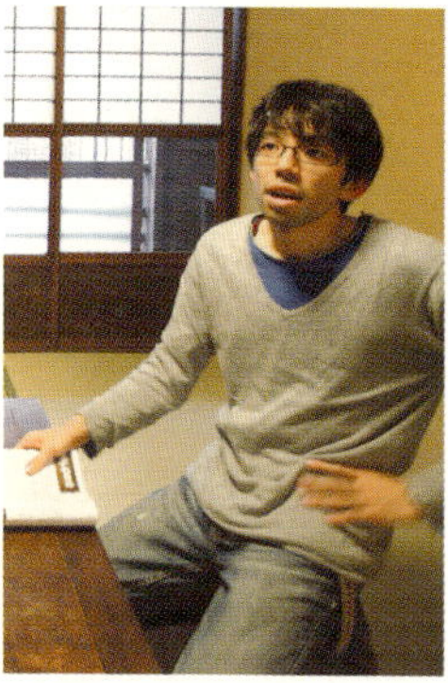

关于长井秀文：www.marble-co.net

“三条通”
众生相的记忆

京都夏日炎炎的午后
街头艺人、提线木偶、
好奇的观众，
一丝丝闷湿的日晒味道在空气中停留
叙述古都经历过的喜乐与忧伤。

流麻二果的人物素描

我是
流麻二果，画家

小时候大部分的时间，我都住在京都，现在虽然不再像以往那般常常回来，但每当我回乡探亲访友，根深蒂固的京都腔[1]总会立刻转换过来。

即便现在住在东京，我也从不觉得自己是京都的过客。相反，因为时常在这一座城市漫步探索，我的身体，当然还有我的灵魂对这些街道很熟悉，也融入它的日常生活里。我的双腿常常自动带我来到我最喜爱的地方——下鸭神社旁的“真实森林”（糺の森）和绿意盎然的比叡山山脚。广义来说，自然景观与人文景观共同创造了世界上所有的城市，但京都和其他的城市不同之处在于它更贴近大自然、历史以及与之共存相融的市井小民。

我深信大自然的说书力量，山川、湖泊和城市都有故事可以述说。如果大自然是故事的灵魂主角，那么生活在其中的人便是配角了。萃取大自然的故事，我的绘画主题结合了自然景观与抽象写意的概念，再加上隐隐约约的人物痕迹。

1　京都腔即“京都弁”，最大的特色就是礼貌用语与迂回的说话方式。

每个人
对我都意义非凡

神秘的事物一向能引起我的兴趣，而且，我发现“人”是我生活周遭最真实鲜活的事物。人是我眼睛的飨宴，为了从中萃取灵感，我必须观察人群：腋下夹着水盆、毛巾，脚踏着木屐，咔嗒咔嗒往巷子里澡堂走去的老爷爷；站在门廊东家长西家短的一群阿嬷，他们喋喋不休的谈话声回响在静谧夜里的空气之中；在咖啡馆聊天，咯咯发笑的女学生；在鹅卵石路面的街道上玩球的男孩；在町屋前贩售宗教小册和念珠的老妇人；贩卖当季“京野菜”（京都传统蔬菜）的街头菜摊；火车上看漫画的男孩们；大家都还在熟睡的凌晨时分，独独在食物市场摆摊的商家们。还有，右手臂抱着一个小孩，左脚被另一个紧抓不放，狼狈地挣扎着走下街道的年轻妈妈；以及一群劳心劳力，辛勤工作一整天后，在清酒吧里喝着冰啤酒的男人。

无论是欢乐、抑郁、沉思、深虑或谦逊，全都述说着每个人的戏剧人生。同样的，衣服的颜色、材质、图案或样式，也透露着人的个性。观察人群成了我生活的一部分，让我增广见闻，不断创新，激发灵感。就如波斯诗人阿塔尔（Farid al-Din Attar，1145—1230）所说："一露出吃惊的表情，再多的秘密都瞒不住。"多年下来，人物抽象化的画法让我逐渐习惯去"探寻"街道行人的故事。

“三条通”众生相的记忆

色彩
与光线

日本作家谷崎润一郎（Tanizaki Junichiro，1886—1965）在其著作《阴翳礼赞》里，针对至为成熟的日本美学“黑暗的色彩”此一概念有深刻的反省。他这么写着：“我在想，读者知不知道‘烛光所流泻出的黑暗’与夜里在路上所见的黑暗，在质感上截然不同。烛光下的黑暗充满了宛如微细尘埃的细小粒子，闪着彩光。”西方人捍卫光线和明亮，日本人却欣赏柔和低调的色彩与阴影。

但，身为日本画家，我不得不承认在色彩与光线概念上深受当代西方理论的影响。就灵感来源而言，我也必须对被视为印象派先驱之一的英国风景画家约瑟夫·马洛德·威廉·透纳（Joseph Mallord William Turner，1775—1851）献上崇高的敬意。虽然深受16世纪和17世纪风景画家与历史画家的影响，但众人无不推崇透纳为现代主义抽象画风的先锋与开创者。

透纳运用光线与色彩的手法对我影响至深。他那运用了水彩技巧去创作油画的方式也让我留下特别深刻的印象。

《躺在天空里的某个人》，油画，2005

透纳以色彩架构出来的画风，独一无二地营造出令人回味的形状与璀璨的构图，而他对色彩浓度的掌握和对光线流动的敏感度，更深深影响着我的抽象绘画创作。

为谁而画？

出生在一个艺术世家，我对身为艺术家的苦楚早已了然于心。十七岁那年，我不经意地“子承父钵”，踏上了艺术家这条“不归路”。要不是某画廊老板对我的画有兴趣，我搞不好就可以摆脱成为画家的宿命，而从事“得体的”朝九晚五工作，融入这个刻板而划一的日本社会。

当我的日本友人意有所指地问我靠什么过生活时，从他们关切的语气中，我知道他们实际上是在暗示：“你打算怎么养活你自己？”当点头之交露出一丝丝困惑，话中带话地问我为谁而画，言下之意是，压根儿不会有人想买像我这样一位年轻女画家的作品。

日本的政府与社会并未给予艺术家太大的支持，但我还是锲而不舍地全力追寻着画家的梦想，也经历了十七个寒暑。待在工作室，双眼直直地盯着空白的画布，就如同观察街头巷尾的人群一样让我热血沸腾，创作的概念和雏形也在脑中发展着。日复一日，年复一年，我仔细地观察众生百态，素描下来，然后根据这些纸上写生，信笔挥洒在帆布上，我就这样固执地画下去，直到手酸眼干才善罢甘休。因此，如同Della-*san*你问我“为谁而画？”或许我会回答，为某个伯乐，为我爱的人，最重要的是，为自己而画。

《绿色事件》，油画，2007

《界限》，与Leila Hekmat合作，亚克力，2005

《我该去哪里？》，亚克力，2007

X，亚克力，2007

流麻二果（Nagare Manika），1997年毕业于女子美术大学艺术学部绘画科。2004年获POLA美术振兴财团海外进修资助，前往纽约深造。2007年离开纽约，目前定居在东京。

关于流麻二果：www.manikanagare.com

和服的记忆

和服的
记忆

阒静无声

除了

和服余韵

以及

快门的咔嚓声响。

我是
森田元子，和服搭配师

沿着水道连接银阁寺与南禅寺邻近地区的“哲学之道”，是一条樱树林立的小径。这条路的名字来自日本哲学家、“京都学派”哲学领域的创始者西田几多郎（Nishida Kitaro，1870—1945），这里曾是他天天散步冥想的地方。

我与这条小径密不可分，因为这是我家到我的和服店OMO的必经之路。沿着这条小径骑自行车让人觉得无比平静，因为沿途总有叫人赞叹不已的美景。翳翳绿荫、祈福佛寺、罗列在小径两旁的暮春樱花、深秋枫红，一条何等美妙的小径！

在内心深处，我不仅颤于这条小径丰沛的美景，也慑于它寂静的氛围。如同日本人常说：“安静得连香灰落地的声音都能听到。”在这条路上，我听到了宁静京都的熏香味。

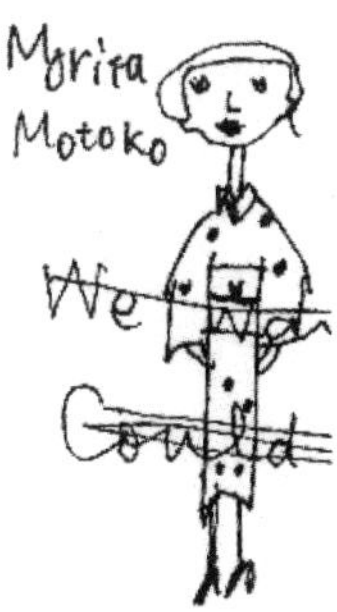

着物は見て楽しめ、
着て楽しめると同時に、
香りも楽しめるものです。

着物の独特の香りは、
ふとすれ違った人の心を、
捕らえて離さないでしょう。

もりた もとこ

森田元子的手稿

禅

在禅宗的冥想中，燃烧殆尽的一炷香是生命飘忽即逝的提醒。然而谈到生命，我非得与Della-*san*分享一下Iza-*chan*感人的故事不可。在被我领养之前，Iza-*chan*是只流浪猫。我在动物医院见到它的时候，它因为车祸身受重伤，院方差不多准备让它永远安眠了。虽然下半身瘫痪的它无法灵活移动，必须随时穿着尿布，但Iza-*chan*坚强的求生意志感动了我。每当疑虑之虫噬咬着我，Iza-*chan*总会抬起头，用它那双骨碌碌的眼睛凝视着我："无论发生什么事情，明天又是崭新的日子。"猫咪最能安抚人心，而且是引领我进入禅学世界的导师。

人生就像熏烟袅袅的一炷香，轻飘飘地浮升，静悄悄地消散，神不知鬼不觉地彻底消失无踪。生命稍纵即逝，何不多去享受呢？

和服纪事

通过藤田嗣治（Fujita Tsuguharu，1886—1968）、毕加索和高更的作品，我了解到色彩是炙热、强力的创作元素。它带给我欢乐。况且，身为一位和服搭配师，我无法抗拒它的魅力。和服搭配师的职责是什么？经年终日与颜色、布料材质、图案编织为伍，我尽情饱览和服的优美与特色，适切地去配合和服主人的真性情。

在街上看见某位女士翩然而过，我能判断出她的年龄和经济状况，甚至仅仅凭借她所穿的和服，也多少能看出一些个人风格。织料、颜色图样、和服的样式都能表现人格特质，而且和服上的所有东西都有象征意义。举例来说，穿和服的女人年纪越轻，衣服上的图案就会越靠近折缝处；已婚妇女本来应该更端庄，但反而会比未婚的小姐们露出更多的颈背。

传统上来说，挑选与穿着和服时，年龄、场合、季节、品位和阶级，都得要列入考虑。这也是现代日本女性普遍不爱穿和服的原因，她们怕背离了繁复的和服礼节。

色彩的
选搭

日本人向来偏重严格的阶级制度，但这样的做法形同在人与人之间设置不必要的藩篱和隔阂。穿和服应该是一种自我表达的方式，展现自己最理想的体态，而且最重要的是，乐在其中，尽情享受。选搭颜色的愉悦是最干净纯粹、最热情奔放、最令人心跳加速的。

如同和服的香味一样，色彩深深穿透了我。和服就像色彩一样随季节变化。对我而言，春季的和服是柠檬绿和浅蓝，夏季则是象牙白与白色，秋天是棕色，冬天则是红色与亮橘色。以长襦袢[1]为例，显然最传统正式的颜色是白色，但我非常喜欢穿有设计感、色彩丰富的长襦袢，以衬托色调柔和的和服。我也喜欢穿用色活泼大胆的足袋，搭配西方异国风味的渔网丝袜。

1 长襦袢（長襦袢，*Nagajuban*），或称“襦袢”（襦袢，*juban*），是穿在外出服里面，类似和服形式的长袍，男女适穿。

做自己的主人

让一套和服激发出惊艳效果的元素不是亮眼的布料，而是穿着的方式。我的工作除了需要搭配布料色彩之外，最主要的挑战是让人在穿戴和服及腰带的过程中，感觉从容不迫、怡然自得。我也非常乐于欣赏她们脸上那洋溢愉快笑容的表情。和服穿着的美感原则是为顾客带来欣喜——她必须穿得舒适，一举一动和一颦一笑都显露出自信满怀的神态。

在这个和服不再是日常穿着的年代，我希望能重新定义一个“崭新”的传统，搭建一座古老与现今日本服饰的桥梁。和服丝绸般的窸窣呢喃、温柔怡人的香味应该再度被看见、被嗅闻，每一日、每一天。

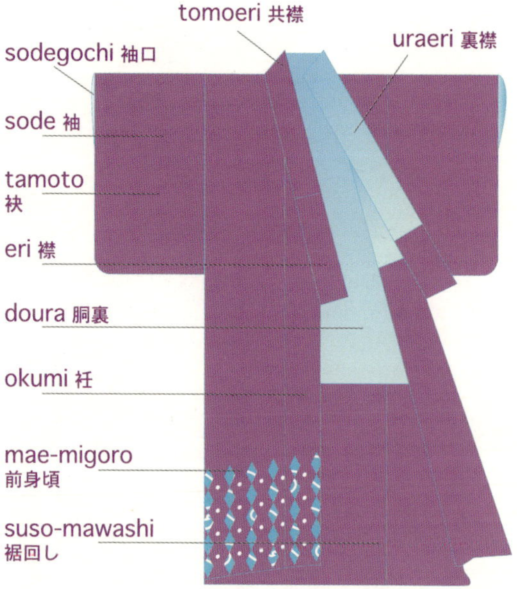

FRONT

JAPANESE TRANSLATION: RYOKO HATOGAI   ILLUSTRATION: DELLA CHUANG

yuki 裄
sodetsuke 袖付け
miyatsu-
kuchi
身八つ口
furi 振り
ushiro-
migoro
後身頃
fuki ふき

REAR

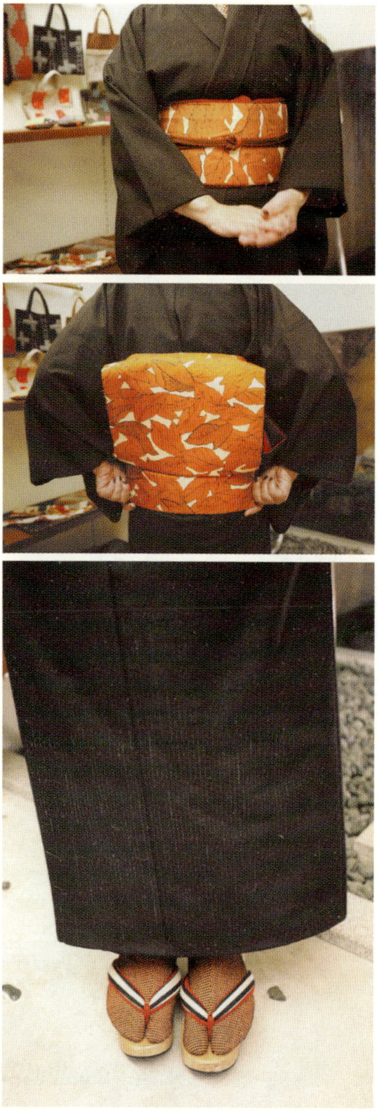

omo morita motoko

森田元子（Morita Motoko）在京都同志社大学时攻读哲学。2004年，她开了一家叫作“OMO”的和服店。“OMO”在日文里的意思是，做你自己的主人。

关于森田元子和OMO的更多信息：www.omo-kimono.com

挂单寺庙的记忆

挂单寺庙的
记忆

这个爷爷
就在我挂单的庙里
伴着蝉叫声
睡着了。

挂单寺庙的记忆

挂单寺庙的记忆

我是
小松恭子，书法家

东寺，顾名思义就是东边的寺庙，也是公认的日本历史遗产和宗教遗产之一。但东寺对我而言，是家乡的一个显著地标。当Della-*san*问我住哪里的时候，我只回答：住京都，就在东寺的那座五重塔的正对面。

京都歌唱着我们一家的生活、愉快与幸福。我们住在东寺旁，在家里焚香礼佛。这个城市每隔五公里就有一座寺庙，难怪对我母亲小松清美和我哥哥小松大胤来说，京都似雾似云，空气中总像披了一层熏香的薄纱般。落日余晖的向晚时分，我喜欢骑着自行车漫游闲晃在街坊巷弄间，闻闻从木造町屋飘散出来的晚饭香味，对我来说，这热腾腾的京式烹煮气味，才是我心魂所系的京都味。

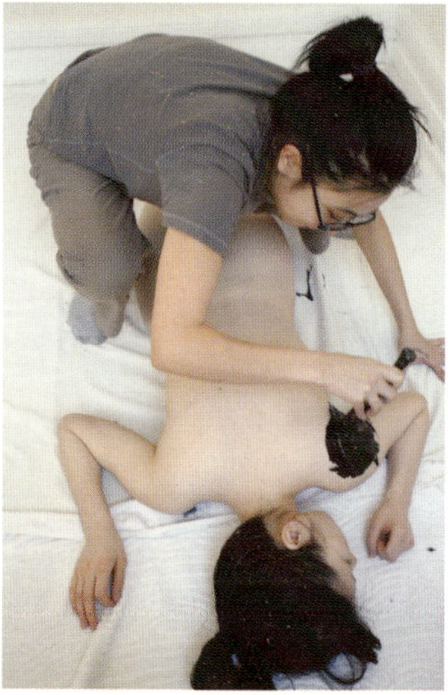
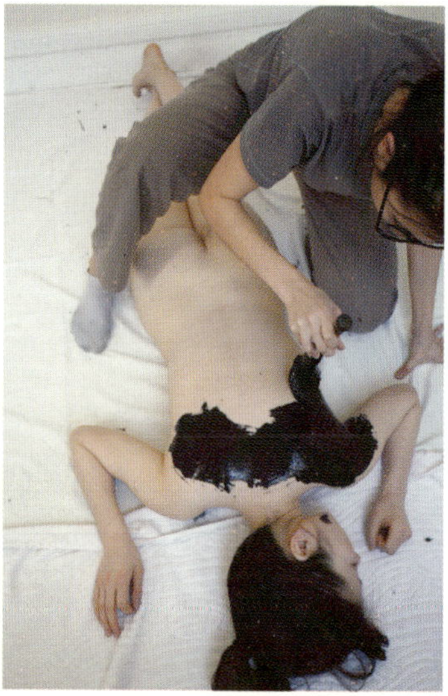

书写中的小松恭子和模特儿二瓶由香

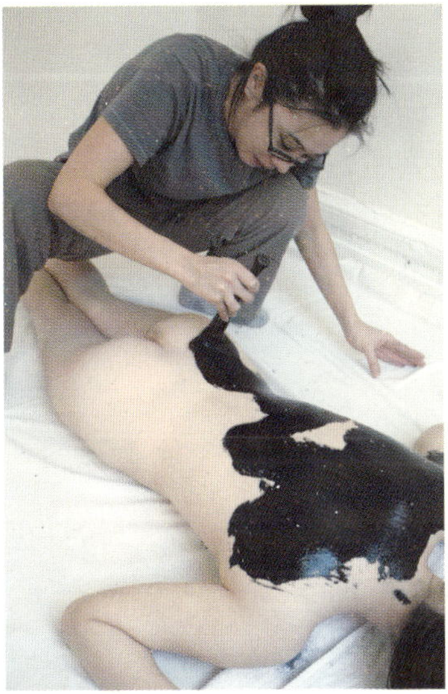

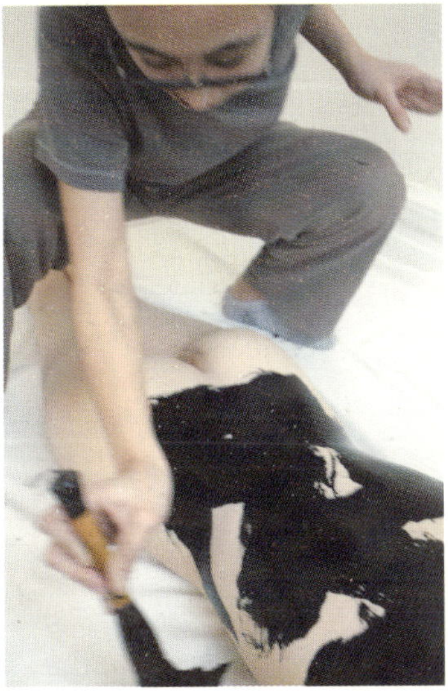

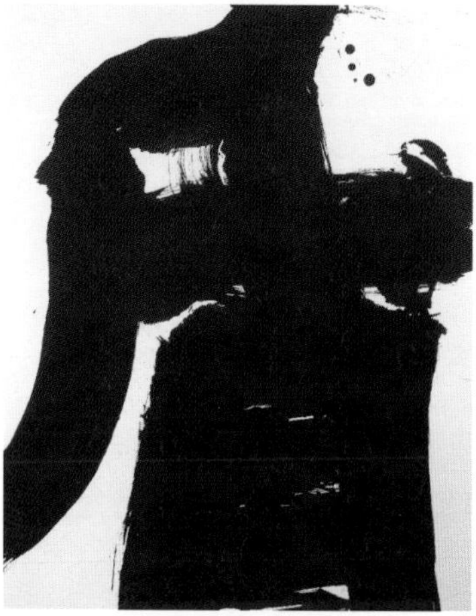 

《盾》系列

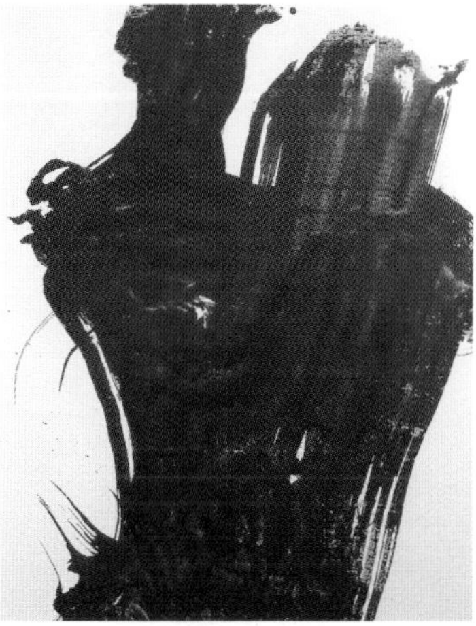

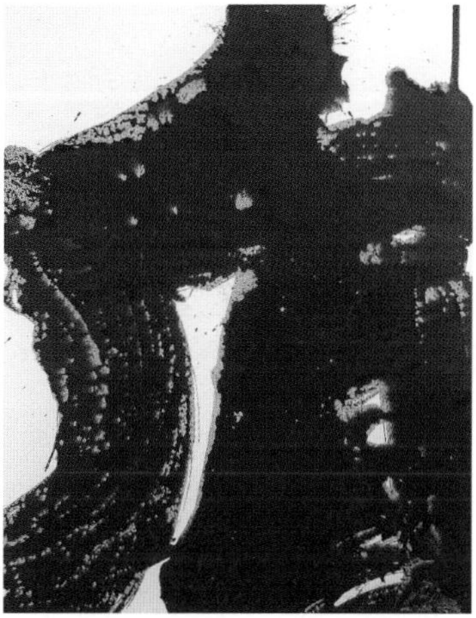

快乐

六岁那年，妈妈带我去上书法课。即使那时候我的体内已经潜藏了对书法的热爱或天分，在刚开始上课的时候，不论是母亲或我也都没有发觉。学书法就像去上钢琴课或芭蕾舞课一样，是日本小孩热门的课余活动。确切地说，我对书法的热情是后来才被点燃的。我也从那个时候起，一发不可收拾地不断写着书法，至今已经二十八年了。

九年前我搬到纽约，去看看世界的另一边。在纽约的第一年，因为难以适应西方社会，我几乎停下了笔，中止了练习。幸运的是不久之后我就发现，下笔书写是个绝妙的经验，提笔运笔也确实能帮助我纾解压力。如果我有杂事缠身，不能独处一室，过一阵子我就会精神沮丧、不知所措。就如同为了健康人得吃药一样，为了保持快乐，我得和白纸、毛笔、书法共处一室，享受孤独。

我称得上是位优秀的书法家吗？我觉得自己还不够格，不过这倒不是重点，写书法单纯就是让我快乐，我别无所求。

笔触

单独出现在字典中的文字是无意义、无生命的。唯有在善于表达情绪的挥笔者手下，文字才能一展风采。当我写“一”的汉字[1]时，一点下笔，向右挪动，然后停顿收笔。写一手好字得全神贯注，配合正常的呼吸节奏。写字如果不专心，写出来的字只是横竖躺在纸上却没有生命的线条而已。

书法表面上看单纯，实则隐含着壮丽的层次。

我时常幻想自己手拿魔术棒，龙飞凤舞地穿越在一片纸张田野上，犹如自己正在谱写一首最令人神魂颠倒的乐章。我喜爱文字“音符”的卷曲与回旋，她们交织着我的欢喜、气愤、伤心和快乐。

纸上的墨迹对我而言，就像山上的花朵一样，美丽绝伦。

1　日文中的汉字就是中文字体，与平假名、片假名、阿拉伯数字皆运用于现代日文书写系统。日文的“汉字”字面解释为中文字体。——维基百科

说一说
花的故事

佛陀有云："如果我们能够彻底看透一枝花的奇迹，我们的人生就会有所改变。"当我的目光直视前卫插花艺术家中川幸夫[1]先生的作品时，他在花朵上投入的热切冲动让我内心狂跳不已，为之燃起熊熊热情。透过中川先生的创作，花束不再只是折枝的花朵，而是一种生命力的表现。他的作品让我们看到死亡的存在，让我们对生死更加了然。

中川先生的作品传达给我的信息难以用笔墨叙述。他引领我触及花朵的灵魂深处，并将花朵的神妙特质带入书法。

现代书法远溯自历史悠久的中国书法。我的书法老师福田祥洲（Fukuda Shoshu，1958— ）陈述："让书法练习渐入佳境的不二法则，就是临摹标准的书法字帖。"换言之，每位现代书法家在发展其个人风格之前，都必须细心勤勉地大量研读中国书法名家大师的经典作品。柳公权（778—865）与宋徽宗（1082—1135）是Della-*san*的最爱，但我个人则仰慕王羲之（303—361）和颜真卿（709—785）。

我从福田老师那里学到最宝贵的一课是“先多累加，再作减法”。他鼓励我练习、尝试不同的书写风格，然后再依照我的意志，选择合适的线条笔法，直到臻至完善。

正如爱尔兰剧作家及诗人王尔德（Oscar Wilde，1854—1900）所说：“累积经验必须付出代价。”我想用一种从来没试过的方式述说花的故事——肌肤书法。

1　中川幸夫是日本当代插花艺术大师。请参见本书《中川幸夫先生，日本插花艺术的局外人》，第48页。

被激赏

随着存活于世的日子逐渐减少，我更常反问自己：什么是艺术？我想通过作品呈现什么？在没有任何经济赞助下，在画廊展出书法有什么意义？这些问题有时候会让我意志消沉。不过，一旦我独处一室，凝视着空白的宣纸，全心投入运笔挥洒，笔画中一点一捺的比例、一横一竖的力道，我就又快乐起来了。

我对书法有着宗教般的狂热且奉行不渝，我总是执拗地相信总会有那么一天，书法创作的热情会让我的梦想得以实现。人们会像我真心赞赏书法名家大师的经典作品一样，由衷地欣赏我的作品。

《花舞》

《花殇》

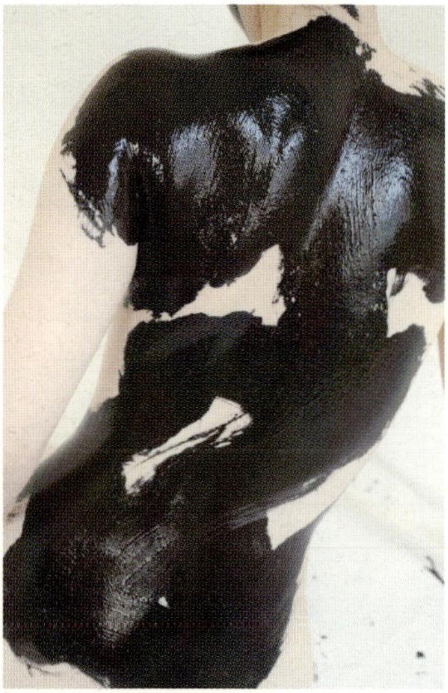

《狂花》

《春花》

yoshiko komatsu

小松恭子（Komatsu Yoshiko）是专擅书法与摄影的视觉艺术家，京都同志社大学美学与艺术史学士。自2005年起居于纽约。

3

瓶装记忆

当有形有触感的实体成为过往云烟，嗅觉反而在更真诚、更坚持的情况下，可以强烈地唤起大脑意识中如同照相机所拍摄的照片一样的清晰景象。也因此，我愿意一小口一小口地继续品味京都那几乎难以捉摸的幽微精粹，像在烛光中与它对话，平静满足，创造力油然而生……

我记得……

京都是日本的源起，是日本魅力的缩影。

京都的每一个时间定格，都让我感觉到涌现的时光洪流。时光莫名地烙印在我的记忆里，每当它在意识中浮现，总迸发出我内心的冲击与不定。

祇园某座神社的木质推拉门前，整齐摆放的木屐；

交通高峰时刻，置身人群里表演着日本传统木偶的年迈傀儡戏师傅；

质地舒柔、秀丽多彩的包装和纸；

町屋木板与梁柱呈现出来的纹路之美；

秋鸭啼声，夏蝉鸣叫；

被白色许愿签纸淹没的树木；

月光下投射在铺满白石子小径上，我拉长的身影；

挂单寺庙中伴随着木鱼敲打声传来的诵经声；

身穿亮丽缤纷和服，碎步疾行赶赴新年庆典的女孩子们；

前往曼殊院的乡间小路上，沿路的旧式农舍与稻田；

弥漫着旧书与木刻版画古老气息的古董书店。

在黑暗中闪烁着金黄色纹饰的精致乌黑漆器；

流露着浓郁色彩和图案的京扇与京伞；

从八坂神社飘散来的檀香味混合了清晨的清新空气；

茶店里散发出手工烘焙新鲜茶叶的香味；

守着陶瓷店等待客人光临，却在柜台后方梦周公的困阿嬷；

鸭川旁某家餐厅的纳凉床上，喝得酩酊大醉再也分不清满月或圆形灯笼的那个夜晚；

在风雨交加的乌黑午后，不经意地瞧见闪电雷击下倏忽闪现的古老墓地，当场吓得背脊发凉，直打哆嗦。

与一位教导我正面生活的仁慈和尚的“一期一会”。

每个城市都拥有自己的色彩、质感与情绪气息，但什么才能表达出京都的气味？我又该怎么重新创造出这个城市的富饶与多面性？我们只有在风吹拂过的痕迹中——飘洒的樱花、弯垂的竹林、逐风的云朵——才察觉到风的存在。同样的，气味一定要经过转型之后才能够被察觉。身为香水创意设计师，我想将我对京都的五感经验，转换为一种“瓶装记忆”。

为了让好奇的读者一窥真相，我将一个香水创意设计师的生活写在这里：

白天，她一方面“推销”自己的创意点子给长官、同侪和部属，一方面听取他们对自己设计作品的批评、指教和认同；一方面到世界三大洲考察设计流行趋势与产品设计的制作、品质管理及展示。她除了埋首设计赶那向来急迫的“死线”之外，还得出席没完没了的集团战略研讨会、营销会议以及创意（调香或设计）论坛……

晚上，为了改善白天的创意“贫血”，转换单调不变的视野，她重新调整自己的感官，独家调理出一套创意的“养生”配方：抛开创意看佩德罗·阿莫多瓦（Pedro Almodovar）的黑色情欲电影；抛开创意看徐四金的耐人寻味的小说；抛开创意听Manu Chao的街头拉丁音乐；抛开创意到街上去闻舞、闻人、闻街、闻音乐。她知道，不刻

Della
Chuang
3987AE

意求取的创意，反而可能以另一种速度潜入脑中开花，和思维进行一场“光合作用”，迎接明日又一天的繁忙，蓄势待发。

她持续探索创意的感官可能性，形式不拘。借由线条、颜色、影像、气味与文字，传递着从灵魂底处蔓生出来的情绪与价值。期待至少有一个客户、一位读者或一名消费者能够进入她的感知世界，享受每一条她提供的美学新路，进而设计一张完全属于自己的美感地图。

而调香师的工作形态又是如何呢？香水配方的机密性让香水产业蒙上了一层神秘的面纱。幸运的是，Laudamiel愿意透露出一丝丝微光。

他这么说：

> 有一半的时间，调香师为了那些快乐的少数人，像客户、朋友与家人，创作出令人惊叹的香水配方，招引

VANILLA
INCENSE
SANDAL-
WOOD
CEDAR
THE LIFE OF A PERFUMER
Christophe Laudamiel
DESIGN: DELLA CHUANG

来五味杂陈的妒忌，也营造着美妙迷人的感动。

另一半的时间，他忙着把香水样品填满整个垃圾桶，因为那些自以为懂得嗅闻、能够判断，觉得自己属于那少数快乐小众的人，把他的创作打了回票。但是，垃圾桶里的另一半香水样品，也正是神秘香水的创意源头。因为这些样品里含有丰沛的实务经验、种种的错误与尝试。要知道，就算是调香师，也没办法光盯着成分与配方，就在心里闻到香味。

还有一半的时间，他穿梭在实验室里，试图从至少有两千个瓶瓶罐罐的玻璃丛林里，找到“真命天子”，来为他已经超过八十种成分的配方，再添加一丝芬芳。

有一半的时间，他思忖如何能灵巧地超越大自然，把香料成分转化为跳脱既定印象、出人意料的味道。

有一半的时间，他研究如何能够在会议中，表现得比坐在自己对面的特定异议分子更占上风。

有一半的时间，他深思该如何把人们无法用言语，只能以脸部表情与夸张肢体动作表达的信息，转化成一种香味。

有一半的时间，他风尘仆仆地穿越纽约曼哈顿或是横跨海洋，因为无论是香料、香精、香水或气味氛围，全都无法压缩成电脑档案，通过网络传送。

事实上，调香师这个行业的生活形形色色、林林总总，但也正是这些多面与多样衍生的华丽层次，创造出了神奇的香水配方。

怜情
惜物

这本书叙述了一个私密的创意故事，娓娓详记着京都如何燃起一位设计师与一名调香师的想象。每个从事创作的人都知道，凡事皆有变成点子的潜力。在京都，和尚的那一杯水拨动了设计师的灵感源泉；日本妇女的香包，则引发了调香师对日本人的审美观的好奇与着迷。“物の哀れ”[1]，顾名思义，是“对事物的敏感度”。

让Laudamiel更了解日本人的审美观的契机在于对日本美学欣赏的宽度与广度，也唯有如此，他才能内化日本人看待事物的眼光与角度。而从Laudamiel与一位日本女士短暂的相遇来看，他已毋庸置疑地掌握住理解日本民族某一重要层面的钥匙，或更确切地说，已明察洞悉了“物の哀れ”。所以他才说，如果你对日本好，它也会对你好。他说：

> 每次在天然迷迭精油或一种类似“曼秀雷敦”的“Vicks VapoRub”薄荷药膏中闻到樟脑的味道，几乎

百分之百地，你会想到药品或咳嗽。但是，这情形不会再发生了。

想象你到一个小巧玲珑的京都旧区中心，在一家卖漂亮信封、信纸、蜡烛、各种符号的印章、香炉与焚香用品的传统文具店里。突然，从购物人潮中，一位穿了件缤纷和服的中年女士靠近你。你也知道的，日本人向来拘谨多礼、内敛害羞，却又像天堂鸟一样好奇，拼命地想知道你来此地的目的。冷不防地，较大胆的这位女士，突然用一口蹩脚法语问我是哪里人，做什么的。我当场愣住了，瞠目结舌不知所以然。为了避免和香水主题一点也摸不上边的问题排山倒海而来，我极少暴露自己的调香师身份。不过看她那么亲切、自然，我也透露了一丁点蛛丝马迹。

在我正要打开天窗说亮话的时候，这位女士从她的和服褶裥处，也就是和服左右衽交叠的地方拉出了一个小香包，当作珍宝般展示给我看。“Voilà pour vous!”

（喏！这个给您！）香包散发出樟脑般强烈夸张的气味。我知道，这个不合西方人嗅觉的味道在印度同样大受青睐。而这“一期一会”的经验，也颠覆了我的眼界，永远改变了我对樟脑的观感。

1 “物の哀れ”（*mono-no-aware*）中文翻译为“对事物的敏感度”，描述对无常的知觉知晓、世间虚幻、对逝去过往那悲欣交集的哀伤。

一个城市的记忆

The Memories of a city

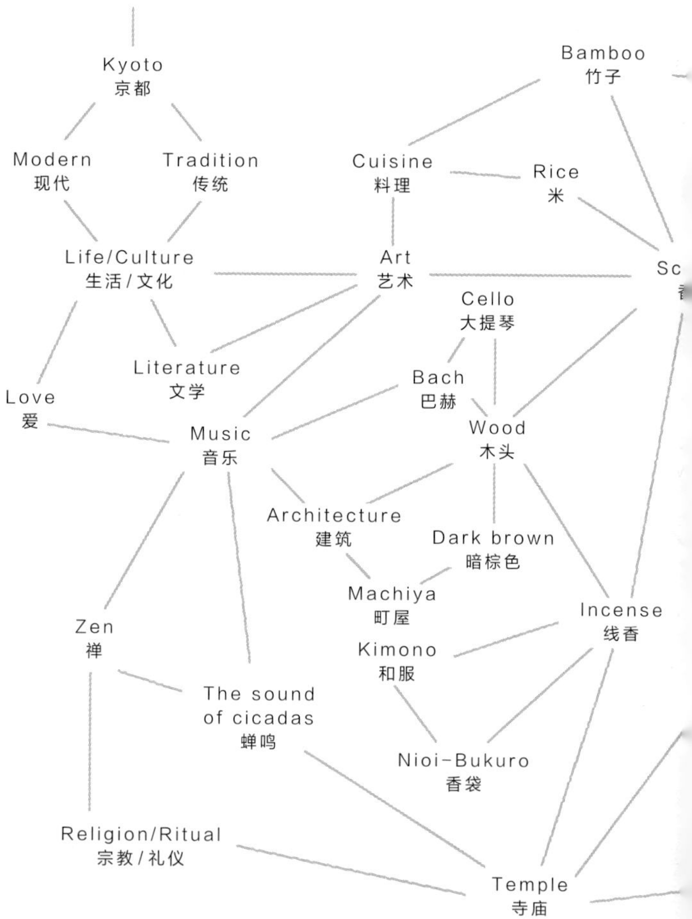

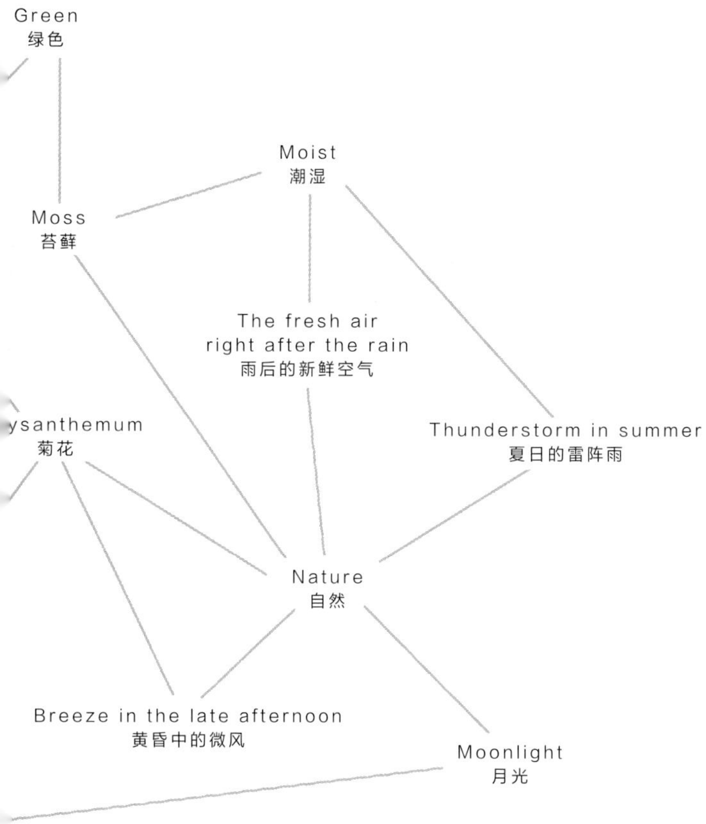

Green
绿色
Moist
潮湿
Moss
苔藓
The fresh air
right after the rain
雨后的新鲜空气
ysanthemum
菊花
Thunderstorm in summer
夏日的雷阵雨
Nature
自然
Breeze in the late afternoon
黄昏中的微风
Moonlight
月光

瓶装记忆

设计师眼中的
简洁

我认为，日本艺术是简洁洗练下迸发出来最摄人心弦的强烈美感。简洁洋溢着精致细腻的情绪，却非过度装扮。简洁美化并带出物品的自然质感，而非其外在矫饰。

简洁蕴含着一丝丝流连徘徊的韵味，让人摆脱牵绊、困难或疑惑。简洁可能意味着纯粹自然的质地，或抽象几何的形状。

形状

简洁是日本设计的精华所在，美的表现，不是要“增加”什么，而是要“减少”什么。设计必须去芜存菁，以简单纯粹的抽象几何形状呈现。

质地

京都是一个由木头建造的古老城市，木头笃实的触感，传达着京都源远流长的文化底蕴。木头也带给日本民族一份安定舒适的感受，像母亲厚实又温柔的身体，那种幸福的暖意、气味，弥漫于日常生活。

色彩

京都总是让我在最黑暗的角落发现光的丰富华丽，那一片漫漶的墨痕里透露出沉稳如木的色泽，使我内心颤动。

但千挑万选中，怎样才能选出最棒的点子呢？设计师的谋生工具不外乎笔、Mac电脑、色票和Schaedler精确专业用尺，但一种米养百样人，人人各有不同的思维与工作方式，在这种时候，也只有运用个人直觉，才能各显神通了。

我必须承认，我的设计点子几乎从来不曾“不请自来”。根据我的经验，绝妙的好点子通常得经过一段无病呻吟、长途跋涉的过程才会“登门造访”。以下几页的香水瓶草图来自我的素描本。如此的“野人献曝”，我不觉得不好意思（嗯，其实还是有点羞涩），不过，把作品的创意过程与读者分享，应该是有趣而愉快的事情。

Organic form
wooden cap + bottle
(will it look like
"Salt and pepper"
Shakers ???)
enlongated bottle
(but will be this shape be
easy to display in the shelf ;)
wooden cap
clear bottle
Super flat
bottle + cap
embossed pattern
on wooden cap
Clear bottle
a crest on top?
frosted glass in milky white
embossed the "lined graphic"

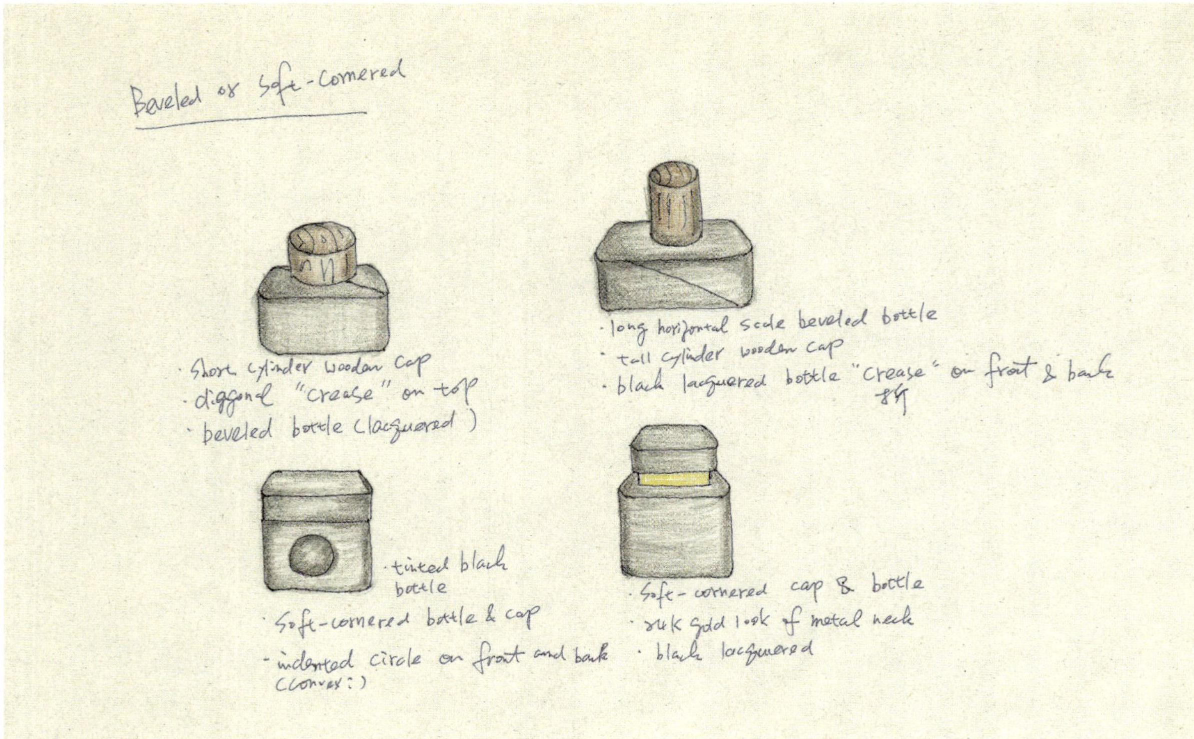
Beveled or Soft-Cornered
· Short cylinder wooden cap
· diagonal "crease" on top
· beveled bottle (lacquered)
· long horizontal scale beveled bottle
· tall cylinder wooden cap
· black lacquered bottle "crease" on front & back
· tinted black bottle
· Soft-cornered bottle & cap
· indented circle on front and back (convex?)
· Soft-cornered cap & bottle
· silk gold look of metal neck
· black lacquered

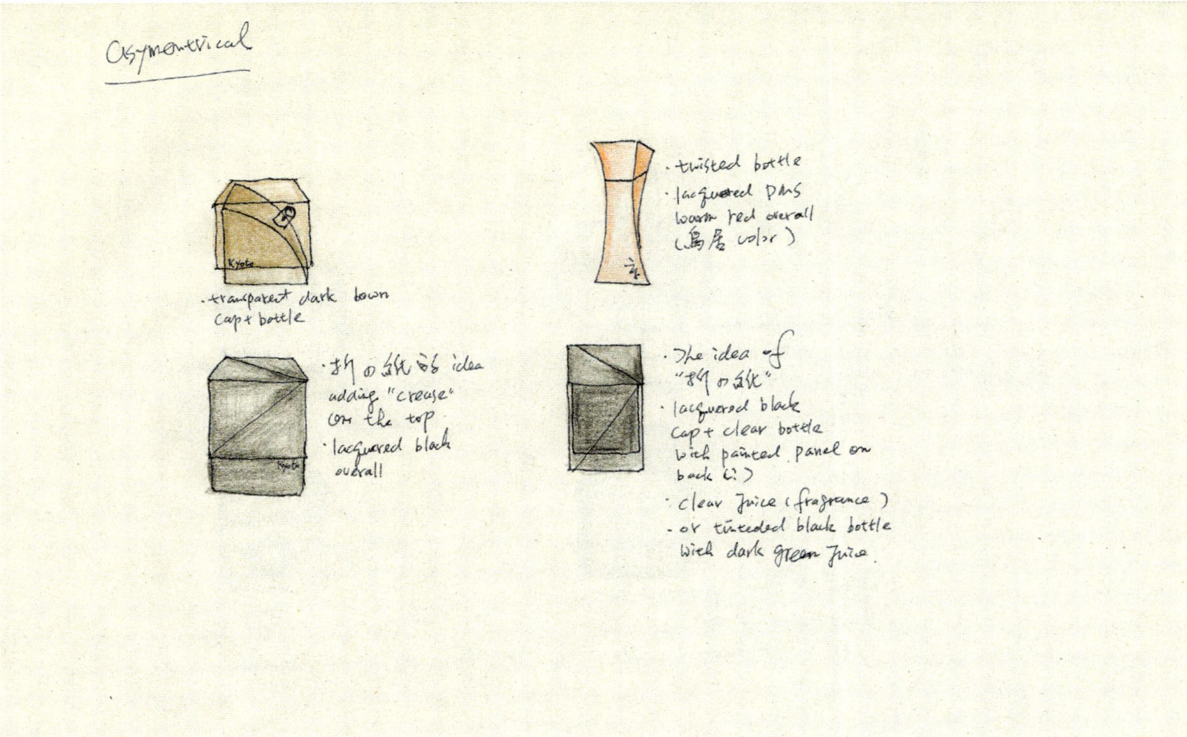
asymmetrical
Kyoto
· transparent dark brown
cap + bottle
· twisted bottle
· lacquered PMS
warm red overall
(鳥居 color)
· 折り紙的 idea
adding "crease"
on the top
· lacquered black
overall
Kyoto
· The idea of
"折り紙"
· lacquered black
cap + clear bottle
with painted panel on
back (?)
· clear juice (fragrance)
· or tinted black bottle
with dark green juice.

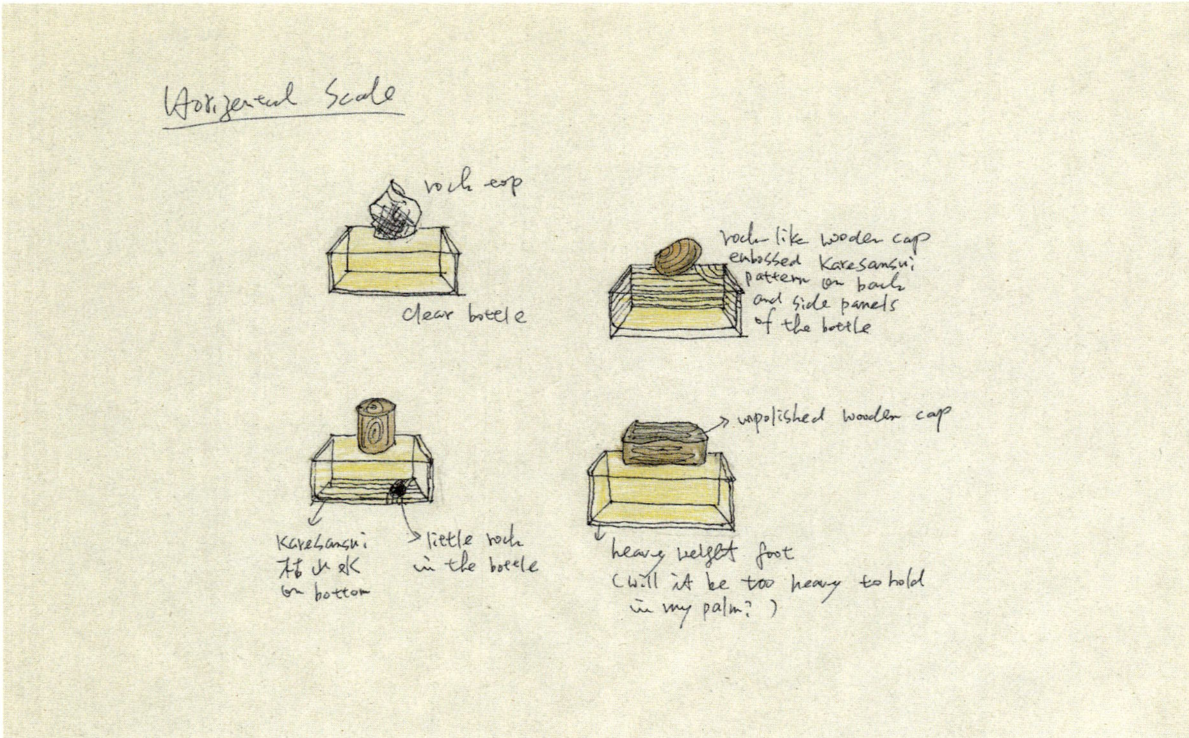
Horizontal Scale
rock cap
clear bottle
rock like wooden cap
embossed Karesansui
pattern on back
and side panels
of the bottle
Karesansui
枯山水
on bottom
little rock
in the bottle
unpolished wooden cap
heavy weight foot
(will it be too heavy to hold
in my palm?)

没有Utley这家位于纽约的模型制作公司的参与，我设计的香水瓶仍然只是一张由几笔线条和色块所组成的草图，懒洋洋地躺在素描笔记本里。

在产品设计严谨的制作规范中，工业制图的精准拥有不在话下的重要性，但设计师无法提供这种精细的技术性绘图。所以在我替拉尔夫·劳伦与汤姆·福特香水部门工作的九年时间里，一向是Utley公司协助我将所有的香水瓶设计，从想法化为实体。

在具体的工作内容上，Utley公司会依据我的电脑绘图和设计重点提纲，连同相关的材质样本，完成3D工业制图。并在双方反复不断的沟通与修改过程中，让零缺陷的香水瓶样品得以成形。

手里握着刚刚出炉的样品，感觉它的重量，触摸它的形状，这样的时刻总是带给我一份暖暖的特殊感受。从抽象概念转换成具体实物的创意过程中，这一只香水瓶样品，意味着我又往前跨了一步。

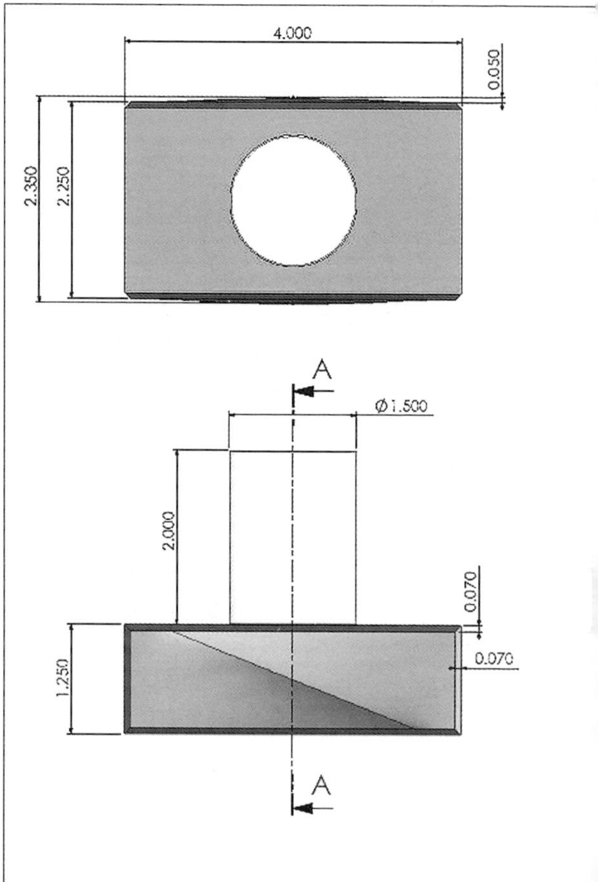
4.000
0.050
2.350
2.250
A
Ø1.500
2.000
0.070
0.070
1.250
A

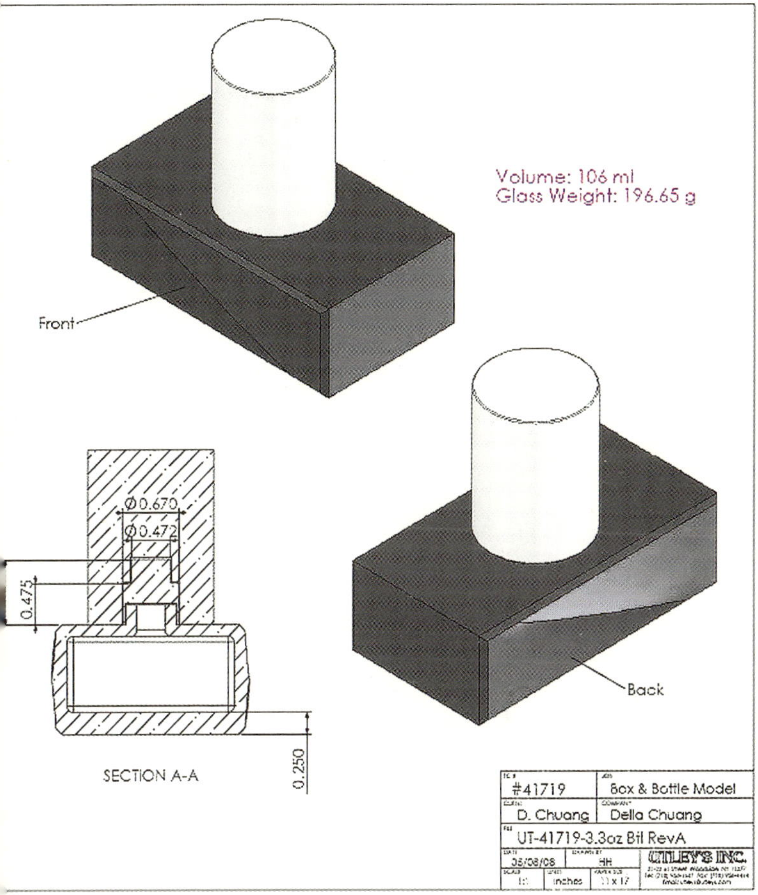
Volume: 106 ml
Glass Weight: 196.65 g
Front
Back
Ø0.670
Ø0.472
0.475
0.250
SECTION A-A
#41719
Box & Bottle Model
D. Chuang
Della Chuang
UT-41719-3.3oz Btl RevA
05/08/08
HH
inches
11 x 17
UTLEY'S INC.

调香师鼻下的
简洁

Christophe Laudamiel对简洁的看法与我的设计相互共鸣，下文不但让人读出他犀利的分析技巧，也明确阐释其科班出身的专业能力：

香水的简洁分为两个层次：

— 简洁可以是香水闻起来的味道（撇开香水配方本身不谈）。

— 简洁可以是香水配方的简单（撇开香水的香味不谈，不论其闻起来单纯或复杂）。不过，唯有看过配方的人才能评判配方的简单或复杂。我曾听过调香师评论某香水作品是“简单的”，但是当你亲眼看见那份配方时才知道，成分洋洋洒洒，一点也不简单（至于好或坏，因人而异）。

请注意，简单/单纯与品质是两回事：

— 单纯当然可以是实实在在的大师杰作：不论是闻起来的简洁，或者是由简单的配方成功调出的香味。

— 单纯可以有个人风格：可以好，或是不那么好，全由调香师掌握。

— 简单听起来很时髦（目前香水界最时兴的说法："我只写简单的配方。"）。

— 单纯的香味或简单的配方：也许纯粹表明调香师拒绝面对复杂，或费时的研究与创新。

我认为，除非你亲眼目睹实际配方，或能够蒙住眼睛、仅依凭概念进行闻香测试，不然对一般大众而言，正确判断味道是很困难的。

日式简洁

编织入味的
记忆

如果色彩无法让人联想到一大段曲调，又如果声音和气味无法流畅地表达一个想法，那生活就少了灵动的美。在波德莱尔的诗作《通感》（*Correspondances*）中，诗人叙述“感觉、色彩与声音会相互应答”。而在他另一篇诗作《黄昏的和谐》（*Harmonie du Soir*）里也提到：“声音与味道缭绕在黄昏的空气中。”音乐家德彪西（Achille-Claude Debussy，1862—1918）后来借用了这句有名的诗，作为其钢琴前奏曲其中某一首的曲名。在这首前奏曲中，德彪西巧妙地以跳动的音符来诠释声音与香味的水乳交融。

在京都，我的眼神从竹子游移到和服织品、稻田、线香、町屋、纸糊的灯笼、苔藓庭园、满月、寺庙。触目所及的一屋一瓦、一草一木，甚至是这城市本身，早已在我脑海中转化为一种感性的语言。漫步在京都的街道上，徜徉在京都的大自然中，这座城市无处不让我联想到巴赫音乐里的严谨与内在凝聚力。

2006年获得诺贝尔文学奖桂冠的土耳其作家奥尔

罕·帕慕克（Orhan Pamuk，1952— ），在《我的名字叫红》（*Benim Adım Kırmızı*）一书中，有一段生动描述两位眼盲的细密画家如何争辩“红色”的故事情节。帕慕克感性的笔触，让我文思泉涌地改编了一首他在书中的诗，希望借着《如果》这首诗，表达京都不是只用“看”，而是用“心”去感觉的城市……

《如果》

如果在艳阳高照下观看，它呈现深沉的棕色。

如果在幽暗的月光下凝视，它则会显露混沌的白蜡银色。

如果用指尖触摸，它感觉起来像是木头。

如果紧握在手掌里，它轻轻低吟。

如果拿来品尝，它有米粒的口感。

如果用嘴唇轻抿，它带给我丝丝暖意。

如果它是个乐器，那会是把低音大提琴。

如果去聆听，它便是巴赫的无伴奏大提琴组曲。

如果去嗅闻，它的气味像植物。

如果它是一朵花，闻起来会像菊花，而不是栀子花。

《如果》道尽我记忆中的京都精髓。以这首诗为蓝本，香水概念、颜色、采用的成分，于焉开展。以下摘录了Christophe Laudamiel和我的电子邮件对谈。这些罗列的片段与花絮，简单扼要地记载了我们在创作香水的过程中所遭遇的一些瓶颈与问题。

香水的颜色

Della："如果我要求一种透明乌黑色或浓得像黑墨般的香水颜色，你会不会觉得我的脑袋有问题？对我来说，黑色代表宁静，深具东洋风味，但会不会带来负面阴影呢？我想听听你的意见。”

Christophe：“问题是会弄脏衣服……”

说得一点也没错。小学时练习毛笔字，我总是笨手笨脚的，毁了一堆白色校服，怎么就忘了呢？

简洁的概念

Della：“这款香水和香水包装设计的概念是‘简洁’。请读读看我对简洁的见解……我会寄给你更多照片当参考，包括龙安寺的枯山水、圆通寺的建筑与三千院的青苔庭园。”

Christophe：“喔，原来如此。我现在终于明白你为何‘拷问’我对简洁的看法了……我认同你对简洁所下的视觉注解，而且我们对京都的看法恰好不谋而合：木头材质、深棕色、青苔。（顺带一提，我参观了京都有名的青苔庭园——苔寺，也尝试了毛笔训练课程，棒透了。）我同意再简化香水的成分，如你所说，上次调的香味过于鲜艳花哨，如晚宴的粉色和服。不过，让我再试试加入桧木和柚子的味道会如何。”

柚子是日本人生活中的常用品。运用在调香上的柚子算是一种昂贵的香料，不过，清新柚香虽美，但少了几分京都沉稳与知性的气味。最后，我们还是拿掉了柚子这个香料成分。

香水瓶的色彩

Christophe：“瓶子是透明的吗？香水的颜色对你的设计是否有影响？有没有任何香水的颜色是你绝对无法接受的？你的答案攸关我在香水成分与品质上的选择与运用。”

Della：“如果用透明的瓶子，香水的颜色当然是重点。我脑海中浮现出两个理想的颜色，除了最纯粹简单的透明无色之外，透光的青苔绿也是我的选择。我不得不说，我对三千院里那些覆盖在石头上、笃定地存在的苔藓的颜色无法抗拒。这样的绿色令人联想到亚热带地区阵雨后，湿润清凉的仲夏黄昏。”

香水色度的稳定性

Della：“你猜怎么样？我决定不用之前给你看过的那只透明的香水瓶了。新的瓶子色如黑漆。我想你听到这个好消息后一定如释重负。这样一来，我们都不需要担心香水色度的稳定性了。”

Christophe：“真是巧合！当我打开你这封电子邮件时，正如火如荼地进行着一连串的嗅觉测试，判断我是否可以改变香水中的某个特定成分，以便调整色度。好，我已经调制了一些香水样品，不过还是K-2最让我动心。K-2带点深绿、棕褐、苔藓的香水色调，也刚好与你的京都色彩概念不谋而合。既然现在不用考量颜色的问题那么我们就决定采用K-2了！你之前给我看的设计出了什么问题吗？纯粹好奇。”

香水瓶的重新设计

Della：“噢，撞瓶了……我朋友G先生告诉我，我的瓶子与一个新企划案里的香水瓶非常相似。尽管我可以确定，我和另一位设计师作品的雷同之处并非刻意，但是我可不愿意被套上‘剽窃’之名。话说回来，设计本来就是做了再撤销、三思之后再重头来的创意过程……关于我的新设计，是这样的……”

Christophe：“……从木头的淳厚触感延伸黑色的视觉美感，呈现出现代、饱满的香水瓶造型，嗯，你的描述让我非常期待。新的设计应该可以和我们的香水融合为一。”

香水的浓度

Della：“我们的香水属于淡香水（Eau de Toilette）[1]吗？”

Christophe：“以调配方式与成分品质来说，这款香水应该可以称为香水（Eau de Parfum）。如果因为‘淡香水’比较吻合你的设计，这也完全不成问题。或许称为淡香水会比较好，这样才不会吓走那些打心底就不喜欢厚重浓郁的亚洲人。不过，即使这款香水集优美、饱满、强劲之大成，呈现出完美和谐的独特气息，但是在大家‘见山是山，见水是水’的心态下，或许我们不需要标示任何香水浓度在包装上。顺带一提，业界并没有任何明文法规在规定香水的浓度。换句话说，被A公司视为淡香水（Eau de Toilette）的产品，可能是B公司的香水（Eau de Parfum）。淡香水或香水只是企业的营销手法，端看各家品牌自取所需，所以要叫什么随我们的便。”

香水的调性

Della：“其实，我认为闻香经验最美的部分，往往不只是外在可见的形式，而是一层又一层的形式所包容的那个虚拟的内在空间。好像达·芬奇说的，一个好的教堂，应该是让人感觉到进入了人的内心世界……因此，我们还需要让读者知道香味的前调、中调与基调吗？”

Christophe：“不需要。那样解读的方式已经过时了，况且香水也不是那样架构起来的。我认为读者应该了解的事情是：

十三种天然香料：茉莉原精、橡苔、乳香、广藿香、两种（不同特质的）甲位甲基桂醇（Cypriol）、丝柏和杜松子（桧木科）、古云香膠、蜡菊、柑橘、佛手柑、发酵小麦。

二十一种化学成分：菊花香调、桧木香调、稻米香调与蔺草香调（香水界里没有这些植物的天然萃取物可以运用），再添加树藓、野生柑橘和优雅柑橘的化学结合效应。

二种合成香料：橡苔合成香料和茉莉合成香料，以符合最新的化妆品安全法规。

京都的重要传统工艺之一是制造线香。为了强化京都印象，我特别采用了日本的线香香料，如广藿香、乳香和甲位甲基桂醇。

细致、湿润（清新却像亚热带的温暖）、温和典雅，这种气息应该是京都给人的第一个‘嗅觉’印象，并由此依循推展，进入深沉壮丽的嗅觉冥思。京都散发出有点温文、有点优雅、有点神秘、有点沉稳的和谐气味。京都最后沉淀的气味也令人为之惊叹，其感性的味道洋溢着东洋的美感及生命活力。而京都的香水，就如同这座古都的精神一般，神秘、独特，却也平易近人。”

1 通常同一系列的香水可以因酒精和香料的浓度不同而分为几个等级。一般说来，有香精（Parfum）、淡香精（Eau de Parfum）、淡香水（Eau de Toilette）、古龙水（Eau de Cologne）和清淡香水（Eau Fraiche）五种等级。不同等级的香水其持久性和价格亦有差别。

KyotEau™，京都之水

“Eau”是法文的“水”，也是香水界中最重要的一个字。Eau de Toilette（淡香水）、Eau de Parfum（淡香精）都有“eau”这个字。既然“一杯水”是我写这本书的创意源头，自然而然，我在“eau”和我最喜欢的城市“京都”的最后一个英文字母之间，玩起了谐音游戏。我把这款香水，取名为“KyotEau™”——京都之水。

我喜欢透过“感官”，打开视觉，启动听觉，用身体的每一个毛细孔去感觉气味、形状、色彩、质地、重量，从自己丰富的“感觉”中获得美感的经验。对我来说，艺术创作的美，来自生命里不能永远存在，却在心灵记忆中持久形成的一种淡淡的、永不消失的美学气味。

而现在，亲爱的读者，请接受我的邀请，去体验这个神秘城市的味道：KyotEau™。

“京都之水”香水瓶特写图

KyotEau ™ 的香水瓶和漆盒包装设计

附 录

附录

Della
的美学京都地图

旅行是腾空自己的一种方式——像是按下一个“delete”键，让我的感官重新开启。

我选择的地方主要是跟佛教禅宗相关的建筑、庭园、茶道、香熏与料理的美学经验。这些地方对我来说有着不同层次的感官效应，因此我将它们分为与眼、耳、鼻、口、身相对应的五种感官地图。请不要花太多时间用相机记录过程，而是用自己的感官去写生，用心灵拥抱京都的美。

视觉地图

大德寺方丈庭园（*Daitoku-ji Hojo Teien*）

大德寺有23座附属的寺院，它们各自独特的庭园和建筑特色让大德寺成为研究任何日本传统的建筑和花园的旅游重心。大德寺有着典型江户时代的有趣建筑和庭园。其庭园借景于东山。临济宗佛教。

除在春季或秋季的特殊开放日，大德寺方丈不对外开放。
参观大德寺，必须先提出申请，需用回邮明信片或信封寄给寺方，寺方再寄回核准的明信片。明信片需写上：希望参观的日期，参观者的住址、姓名与人数，在希望参观日的一星期前寄达，参观当日需持寺方回复的明信片于指定时间入寺“参拜”。
京都市北区紫野大德寺町53

圆通寺（*Entsu-ji*）

圆通寺的庭园“借景”受京都市政府所保护的比叡山，这是少数真正优秀的借景庭园的例子之一，也是我个人最爱的京都寺院。临济宗佛教。

圆通寺对外开放，但不允许拍照。
京都市左京区岩仓幡枝町389
www.entsuji.com（日文）

伏见稻荷大社（*Fushimi Inari Taisha*）

伏见稻荷大社是日本神道（日本本土的性灵宗教）的总本山，创于711年。其山脚下的楼门、本殿和阶梯组成一个非常有趣的空间设计。沿着山麓穿越由各式大小的朱红色鸟居（神社入口处的大门）所形成的“隧道”，让参观伏见稻荷大社成为一个非凡的空间体验。

伏见稻荷大社对外开放。
京都市伏见区深草薮之内町68
www.inari.jp（日文）

● **银阁寺**（*Ginkaku-ji*）

迎客庭园的空间设计相当优秀。两层楼的银阁建成于1489 年，而另一座建筑物东求堂（*Togu-do*），则包含一个四帖半榻榻米的小书斋，被认为是日本传统建筑样式“书院造”和草庵茶室的发源。在银阁之前有一个令人惊叹的枯山水庭园，而东求堂则面对水池。临济宗佛教。

银阁寺对外开放，但不能进入东求堂或银阁。
京都市左京区银阁寺町2
www.shokoku-ji.jp

● **宝泉院**（*Hosen-in*）

宝泉院是胜林院的附属寺院，位于京都以北的大原。从书院向外望的庭园里有一棵树龄七百多岁的五叶松。宝泉院的庭园“借景”设计与室内连接室外空间的营造氛围十分杰出。天台宗佛教。

宝泉院对外开放。
京都市左京区大原胜林院町187
www.hosenin.net（日文）

● **桂离宫**（*Katsura Rikyu*）

桂离宫的庭园里包含了一系列的茶亭如松琴亭（*Shokin-tei*）、笑意轩（*Shoi-ken*）、松向轩（*Shoko-ken*）与月波楼（*Geppa-ro*）等。连同主楼三翼，这些建筑结构见证了“数寄屋”（日本传统建筑样式）在17世纪的发展过程。它的庭园设计相当的优秀，尤其是连接松琴亭空间构成的部分更是展现出设计的复杂和独树一格的宁静。桂离宫是研究京都文化“必定”造访之地。

参观桂离宫必须向宫内厅京都事务所预先提出申请。
宫内厅京都事务所参观系，电话：075-211-1215，sankan.kunaicho.go.jp/english/（申请书）
京都市西京区桂御园

- **金阁寺（*Kinkaku-ji*），正式名称鹿苑寺（*Rokuon-ji*）**

  由金箔覆盖的金阁是日本传统建筑极少看到的三层建筑物之一。目前的建筑是1950年火灾之后于1955年重建。其池塘花园有着小型松树所组成的小岛，可以追溯到1397年。临济宗佛教。

  金阁寺对外开放。
  京都市北区金阁寺町1
  www.shokoku-ji.jp

- **清水寺（*Kiyomizu-dera*）**

  清水寺建于778年，与当时周围的建筑物奠定了目前京都城市的矩形网格。清水寺总共包含三十栋建筑物，其中大部分是在1633年重建，这些依山所建的建筑物显现当年自由随性的建筑格局。清水寺建筑和佛像雕刻可看性极高，它略为高升的位置也是俯瞰京都盆地与平安时代发展的矩形街道的好景点。到京都做旅游研究，可以从清水寺开始。法相宗佛教。

  清水寺对外开放。
  京都市东山区清水1-294
  www.kiyomizudera.or.jp/lang/02.html（中文）

- **西芳寺（*Saiho-ji*），别称苔寺（*Koke-dera*）**

  据说苔寺拥有大约120种的苔藓植物。该寺庭园以心形的“黄金池”为中心，有石径、小桥及花木竹林。位于庭园里的湘南亭茶馆（*Shonan-tei*），是茶仙千利休的儿子千少庵（1546—1614）所设计的。临济宗佛教。在参观庭园之前，必须抄完一篇《般若心经》。在正殿里你会看到画家堂本印象（Domoto Insho，1891—1975）惊才绝艳的屏风画作。

  参观西芳寺，必须先提出申请，需用回邮明信片或信封寄给寺方，寺方再寄回核准的明信片。明信片需写上：希望参观的日期，参观者的住址、姓名与人数，在希望参观日的一星期前寄达，参观当日需持寺方回复的明信片于指定时间入寺“参拜”。
  京都市西京区松尾神ヶ谷町56

● **曼殊院**（*Manshu-in*）

曼殊院的书院是众所周知的。“书院”言下之意指的是写作室或书房。在寺院，书院是方丈的私人接见室。连接到小书院（*Sho Shoin*）是一间名为八窗轩（*Hasso-ken*）的茶室。曼殊院属于天台宗佛教。

曼殊院通常对外开放，但参观八窗轩茶室需事先电话预约。不允许摄影。
京都市左京区一乘寺竹之内町42
www.manshuinmonzeki.jp

● **南禅寺方丈**（*Nanzen-ji Hojo*）**与三门**（*Sanmon*）

从1611年重建的三门进入，可以顺道拜访相当值得一游的方丈寺，该寺内部有着花里胡哨的屏风画作和面对方丈寺的枯山水庭园。临济宗佛教。

南禅寺方丈与三门对外开放。
京都市左京区南禅寺福地町
www.nanzen.net

● **龙安寺**（*Ryoan-ji*）

由十五块岩石以七—五—三的排列方式组成的龙安寺枯山水庭园，设计可追溯到大约1499年，为室町时代（1336—1573）后期。它已成为禅宗庭园的象征。临济宗佛教。

龙安寺对外开放，但平常相当的拥挤。幸运的话，可以在清晨或午餐的时间享受禅意的宁静。
京都市右京区龙安寺御陵下町13
www.ryoanji.jp

● **三千院**（*Sanzen-in*）

三千院位于京都以北大原的一个村庄。阿弥陀堂，意味着在天堂重生的寺院位处上花园，而一座池塘和修剪整齐的杜鹃花园则是在下花园。大原在秋天赏枫期相当拥挤，但其余时间却是一个远离尘嚣的好地方。三千院方圆几百米之内，您将可发现宝泉院。天台佛教。

三千院对外开放。
京都市左京区大原来迎院町540
www.sanzenin.or.jp

- **三十三间堂（*Sanjusangen-do*），正式名称莲华王院（*Rengeou-in*）**

因大殿隔为三十三间（“间”，长度单位，指两柱间的距离，约1.818米），而通称三十三间堂。据说这是世界上最长的木质建筑物。条形长的大厅内，供奉着1001座观音。面对着1001座的观音雕刻的确是一场深奥的感官体验。天台佛教。

三十三间堂对外开放，但不允许拍照。
京都市东山区三十三间堂回町657

- **仙洞御所（*Sento Gosho*）**

仙洞御所是江户时代最好的散步庭园的例子之一。它是建筑师、茶艺师和园林设计师小堀远州（Kobori Enshu，1579—1647）的作品。花园的空间布局非常巧妙。

参观仙洞御所必须向宫内厅京都事务所预先提出申请。
宫内厅京都事务所参观系，电话：075-211-1215，sankan.kunaicho.go.jp/english/（申请书）
京都市上京区京都御苑内

听觉地图

- **京都府立陶板名画庭**（*Toban Meiga no Niwa*）

  京都府立陶板名画庭是由解构倾向的建筑师安藤忠雄所设计的建筑空间。散步在由混凝土所建构成的池塘和瀑布庭园，您将可欣赏一系列用瓷砖复制的艺术品。瀑布的回音相当有趣。

  陶板名画园对外开放。
  京都市左京区下鸭半木町
  www.kyoto-toban-hp.or.jp

- **贺茂御祖神社**（*Kamo-mioya-jinja*），**通称下鸭神社**（*Shimogamo-jinja*）

  下鸭神社不像京都其他过度热门的寺院景点般拥挤。环绕神社南部的“真实森林”（糺の森），神圣且古意盎然，走入这片让人心旷神恬的森林里，您将可听到远处隐隐传来的溪流潺潺和鸟声唧唧。在这儿，没有城嚣喧扰，只有自然的原始之声。

  下鸭神社对外开放。
  京都市左京区下鸭泉川町59
  www.shimogamo-jinja.or.jp

触觉地图

● HINAYA株式会社 SHOWROOM·织阵

HINAYA株式会社是位于西阵纺织区的老牌纺织企业。总部一期大楼的二层为“SHOWROOM·织阵”，在此可看到不同类型的和服、腰带以及纺织、染制现场；并有特别限量品种的腰带展示及销售。

对外开放（周六、日及节假日休息）。
京都市上京区新町通上立壳上安乐小路町418-1
www.hinaya-kyoto.com

● 嘉祥窑陶艺教室（*Kashogama*）

目前由第四代家族陶艺师经营的嘉祥窑，除了专卖清水烧（京都传统陶瓷）极品外，也对外开班授课教导一些基本入门的陶艺品。陶艺教室提供乐趣且让您体验陶土轻轻在指间流过的触感，是雨中京都绝佳的休憩之处。

京都市东山区清水3丁目343
www.kashogama.com（日文）

● 船冈温泉（*Funaoka Onsen*）

船冈温泉是京都最具代表性的澡堂之一。超过八十年以上的澡堂几乎完整的保留原来的历史风貌，因此您仍然可以欣赏到用榆树雕刻而成的凤凰、松树和历史/战争场面等的工艺品。这个充满历史气息的澡堂，为您提供不同的浴场包括冷池、高温池、穴道冲击池、红茶药池和电气池。好好享受一场京都风味的“裸汤”吧！

京都市北区紫野南舟冈町82-1

味觉地图

- **俵屋旅馆**（*Tawaraya Ryokan*）

  俵屋旅馆创业于1704年，是京都现存最古老的旅馆之一，建筑为木造数寄屋风格，1958年由建筑师吉村顺三设计改装本馆以及增建新馆。该旅馆每一年都有一个房间会重新装潢设计，室内艺术品装饰每月变更一次，同样的，也提供住宿者以当季食材烹调的京都料理。在俵屋，您可找到极致的奢华与宁静。

  俵屋不对外开放参观，住宿者除外。
  京都市中京区麸屋町通姉小路上ル

- **炭屋旅馆**（*Sumiya Ryokan*）

  超过100年以上历史的炭屋旅馆，坐落在祇园的清水寺和八坂神社之间。每月的7号和17号，爱好日本茶道的主人免费邀请住宿来宾一起品茗。当令季节的野鸭和极品松茸，这些不寻常的京都料理是炭屋旅馆的主要特色。

  炭屋不对外开放参观，住宿者除外。
  京都市中京区麸屋町通三条下る白壁町433

- **泉仙**（*Izusen*）

  泉仙是提供精进料理（素食）的餐厅。泉仙在大德寺地区有两家餐厅，其一位于大德寺町的大慈院内。在这里，可以面对花园坐在榻榻米垫上，或者就在花园里用餐。另一家则位于大德寺的东门外面的街道，店内坐席除日式外，也有西式桌椅的摆设。

  京都市北区紫野大德寺町大慈院内
  京都市北区紫野下门前町42大德寺驻车场前
  www.kyoto-izusen.com

嗅觉地图

松荣堂（*Shoyeido*）

松荣堂在1705年成立，专门提供高质的日本传统香薰、香炉，宗教或生活用的焚香、薰香用品，以及日本香道有关的传统器具等。松荣堂是所有日本重要佛教寺院的供销商。

京都市中京区乌丸通二条上ル东侧
www.shoyeido.co.jp（日文）
www.shoyeido.co.jp/english（英文）

鸠居堂（*Kyukyodo*）

鸠居堂在1663 年成立。刚开始只是一家药店，但很快地业务扩展到香薰、书画和书法文具。鸠居堂是一站式服务的商店，您可以在此购买书法、绘画、薰香、茶道、扇子用的纸张、传统工具，以及相关的纸制品、艺术品等等。许多美丽的与季节性的插画、明信片、文具套装、挂历等等，在此也有销售。

京都市中京区寺町姉小路上ル下本能寺前町520
www.kyukyodo.co.jp

LISN

融入了古老的薰香技术再呈现一个鲜活的现代香氛魅力，LISN和它的母公司松荣堂的市场区别在于其产品是专门针对不熟悉传统线香文化的人士所设计。

京都市下京区乌丸通四条下ル
www.lisn.co.jp

传统街区与现代建筑

除了不可或缺的禅意美学经验，我也喜欢花点时间去逛逛那些可以体验传统城市生活风格的大街小巷。

西阵（*Nishijin*）

西阵历史可从应仁之乱（日本内战，1467—1477年的室町时代）开始追溯，此战让京都长达十年成为一个兵荒马乱的战场。西阵迅速成为京都的纺织区，该地区仍有为数不少的传统数寄屋。在这里您将可发现由高松伸所设计的HINAYA株式会社（见第384页）的“织阵”一期、二期和三期的新总部大楼。

先斗町（*Ponto-cho*）保护区

先斗町是位于鸭川（*Kamogawa*）西沿的一个艺伎区。这里琳琅满目的小餐馆和茶室，造就了一个迷人的城市街区结构。晚上六点左右漫步在先斗町，您可能有机会遇上正在上班途中的艺伎或舞伎。沿着只有一米多宽的主要街道，您会发现建筑师高松伸设计的“先斗町茶屋”。再往先斗町的北边，你会发现由建筑师安藤忠雄设计的“时代I”及“时代II”办公楼，面对高濑川的“时代”I、II，是当代城市建筑的一个很好的例子。

祇园（*Gion*）和白河（*Shirakawa*）保护区

在鸭川以东的祇园是江户时代从祇园神社发展出来的艺伎区。在祇园的南部（南四条通）仍然保留了许多传统的茶馆。祇园的中央部分目前早已几乎被现代娱乐文化和丰富多彩的餐厅、酒馆、“爬金库”（*pachinko*，弹珠游戏）店和夜总会所取代。在这里可以找到由建筑师若林广幸设计的“怪诞大楼”和高松伸设计的“Station MK”和“Maruto IV”。

在祇园的北部，白川周围的一小片面积上也依然保留着许多传统的茶馆。

- **二年坂（*Ninen-zaka*）和三年坂（*Sannen-zaka*）保护区**

在东山区从祇园沿着二年坂及三年坂步行到清水寺是一个经典路线，引导您进入了迷人的住宅区。边走边看，您会经过建仁寺（*Kennin-ji*）、高台寺（*Kodai-ji*）和 八坂神社（*Yasaka-jinja*）。清水寺周围的商圈是购买纪念品的极佳地区。夹杂在许多的礼品店之间，您仍然可以发现供应良品的陶瓷器店。

- **修学院（*Shugaku-in*）与诗仙堂（*Shisen-do*）之间的路径**

这条路径通过由村庄转变成郊区住宅，但仍然融合菜园和稻田的迷人风景。大约在中途，您将发现曼殊院。

京都旅游信息

● 京都旅游信息中心

地址：京都下京区，JR京都站大楼二楼
电话：075-343-0548
时间：上午8:30—下午7:00

● 京都市观光协会旅游信息

地址：位于平安神宫前
电话：075-752-0227
时间：上午8:00—下午5:00
休息日：12月29日至1月3日

● 京都旅游信息服务台

地点：京都的7-11便利店和星巴克咖啡店
休息日：无休
“京都城市指南”可在任何7-11便利店或星巴克咖啡店免费索取。

● 宫内厅京都事务所

电话：075-211-1211
地址：602-8611京都市上京区京都御苑3
时间：上午8:45—中午12:00，下午1:00—下午5:00
休息日：星期六、星期日、节假日、12月29日至1月3日

● 一些相关的京都观光信息网

京都每月指南 www.kyotoguide.com ——刊载京都每月不可缺少的开放场所及活动的行事历
京都市情报馆 www.city.kyoto.jp
日本庭园数据库 www.jgarden.org
京都官方旅游指南 www.kyoto.travel
日本京都旅馆协会 www.ryokan.or.jp

“真实森林”（糺の森），下鸭神社

参与本书的艺术家们

Christophe Laudamiel

Christophe Laudamiel，法国人，集调香师、香水历史专家、作家、演说家、化学家于一身，目前是纽约DreamAir studio主持人。他善用多种媒介来演绎气味的各种可能性——从高端的时尚香水到日常生活的芳香柔软剂；从饭店环境香氛到艺廊气味创作；从高级学府的演讲到与作家和设计师的跨界合作。他也是纽约The Academy of Perfumery and Aromatics的创办人，志在推广美国的香水教育。

Laudamiel在香水创作上一向不落窠臼，让作品在新科技、新研发的气味成分中鲜活起来，代表作品如下：

香水品牌：阿贝克隆比&费奇（Abercrombie & Fitch，简称A & F）、汤姆·福特、Michael Kors、雅诗兰黛（Estée Lauder）、拉尔夫·劳伦、Nest、Ray Matts Fragrances。

空间香氛（和十二年的伙伴Christoph Hornetz创作的Air Sculpture®作品）：The Americano and Langham Place-5th-Ave hotels NYC、Armani和Emporio Armani、Azul by Mieussy Tokyo、Cordis hotels Hong Kong、Han Sung-Mercedes South Korea、Nuo Hotel China。

艺术展览：电影《香水》（*Das Parfum*）的香氛（品牌蒂埃里·穆勒［Thierry Mugler］赞助）、纽约和毕尔巴鄂（Bilbao）的古根汉姆博物馆（Guggenheim Museum）、格拉斯的香水博物馆（The Grasse Perfume Museum）、纽约的Dillon Gallery、布鲁塞尔的欧盟议会（The EU Parliament）、柏林的Mianki Gallery。

George D. Utley III

George D. Utley III在1956年出生于纽约的森林小丘（Forest Hills）。从塔夫特中学（The Taft School）毕业，并在华盛顿与杰弗逊学院（Washington & Jefferson College）取得经济学学士学位后，George进入父亲的模型店Utleys Incorporated工作。他在Utleys Inc.工作的二十七年间，有十四年担任董事长职位。Utleys Inc.是家族企业，由George和弟弟John共同经营，提供模型和原型样品给客户，他们的客户包括雅诗兰黛、伊丽莎白·雅顿（Elizabeth Arden）、宝洁、Cuisinart、科蒂、雅芳（AVON）、Bath & Body Works，以及其他许多化妆品、酒类和日常消费用品公司。George曾任职塔夫特中学理事会，负责年度基金的运作，目前他是美国营火俱乐部（The Camp Fire Club of America）的理事之一，和妻子Ellen及三个女儿Hannah、Virginia和Anne，定居于康涅狄格州的里奇菲尔德（Ridgefield）。不用为各行各业制作模型时，George总是在打猎或钓鱼，或者是身处任何乐趣横生的地方。

Arthur Westphal

Arthur Westphal于1950年出生在智利的圣地亚哥，七岁时与家人移居美国，在纽约华盛顿港（Port Washington）定居。从初中开始接受美术训练，毕业于纽约布鲁克林普瑞特艺术学院，主修摄影与电影拍摄。

Arthur Westphal一毕业就进入专业摄影工作室工作，也立即卷入纽约步调快速的商业设计产业中。1982年，他以自由摄影师身份成立了自己的工作室——Westphal Inc.，过去二十五年以来，一直是摄影及图像处理的业界引领者，尤其擅长于美容彩妆范畴，合作客户包括兰蔻（Lancome）、欧莱雅与雅诗兰黛等等。Westphal Inc.以其纽约和科罗拉多的工作室，至今不断提供着高规格的创意服务。

Arthur Westphal现在和妻子Lara，还有他们的巧克力色拉布拉多犬Dylan一起住在纽约布鲁克林区，也持续追求着他个人在摄影方面的创作兴趣。

Manfred Koh

Manfred Koh是一位以纽约为根据地的摄影家，擅长拍摄概念静物、肖像和环境意象。他的客户遍及编辑、设计公司，以及一般企业和广告代理商。不工作的时候，Manfred Koh热爱拥抱大自然和户外生活。

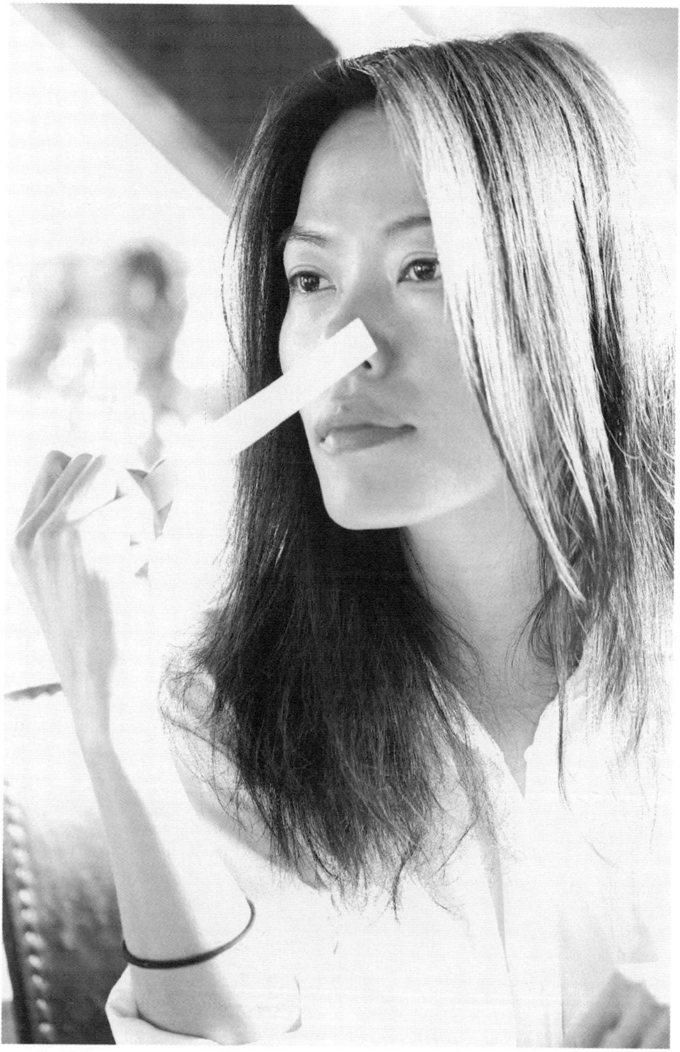

庄卉家（Della Chuang）

美国纽约普拉特艺术学院（Pratt Institute）视觉传达研究所硕士。曾任纽约拉尔夫·劳伦香水品牌艺术总监，汤姆·福特香氛美妆特约设计顾问，现任瑞士Della Chuang Creatives创意工作室主持人，活跃于欧美时尚设计圈。服务的客户包括劳斯莱斯汽车、瑞士宇舶表、欧莱雅集团、雅诗兰黛集团等。

至今出版了三本设计著作，举办了四次国际香水展览，多次获邀撰写香水杂志专栏和演讲香水美学与设计创意，她有着：设计师的刁钻＋作家的敏感＋艺术家的神经质＋旅行家的好奇心＋教育家对气味美学的狂热。2003年开始多次入选被誉为香水界“奥斯卡”的年度香水大奖FiFi Award 的设计创意奖。获选为2011年国际设计联盟（International Design Alliance，IDA）百大设计师之一。限量版*KyotEau: Bottled Memories*（繁体中文、英文双语版，2009）于2015年被美国香水评荐权威网站 nstperfume.com（Now Smell This）选为全世界香水入门必读书之一。

从设计跨界到艺术到写作，致力推广任何有关美好生活的气味美学。

关注她的创意分享：
网站：dellachuang.com
微博：庄卉家_DellaChuang
Instagram：dellachuang
微信公众号：《DELLA说》

联络方式：della@dellachuang.com

图书在版编目(CIP)数据

京都之水：瓶装记忆 / 庄卉家著. -- 桂林：广西师范大学出版社，2017.2
ISBN 978-7-5495-8506-9
I. ①京… II. ①庄… III. ①随笔－作品集－中国－当代 IV. ① I267.1
中国版本图书馆 CIP 数据核字 (2016) 第 165522 号

广西师范大学出版社出版发行
桂林市中华路22号邮政编码：541001
网址：www.bbtpress.com

出 版 人：张艺兵
责任编辑：苏本
装帧设计：陆智昌

全国新华书店经销
发行热线：010-64284815
山东临沂新华印刷物流集团有限责任公司

开本：787mm × 1092mm 1/32
印张：12.5 字数：160 千字
2017 年 3 月第 1 版 2017 年 3 月第 1 次印刷
定价：88.00 元